membrana

tradução **Michelle Strzoda**

Jorge Carrión

/re.li.cá.rio/

Para Martín Caparrós,
sem as dúvidas e pelas dívidas.

"Não temos uma ficção compartilhada do futuro. A criação do passado parece ter esgotado nossas energias criativas coletivas. [...] Ao explorar o poder do passado para produzir o presente, o romance nos sugere como explorar as possibilidades do presente para produzir o futuro. Isso é o que o romance faz ou pode fazer."

_J. M. Coetzee

011   as avós
041   a cronologia
053   o tecido
109   o adeus
149   a restauração
169   o depois

197   sobre o autor

as avós

1

Restos da primeira fogueira documentada (22000 a.C.)
[tecnologia histórica]: comunidade neandertal de Gibraltar.
Tear, fuso e volante (século I a.C.)
[objetos arqueológicos]: artesãos anônimos.
Chin Niu (século IV d.C.) [pintura mural]: artista anônimo.
Esqueleto de diprotodonte (40000 a.C.) [resto animal arqueológico].
Primeira máquina de costura Singer (1853)
[objeto histórico]: Isaac Merrit Singer.

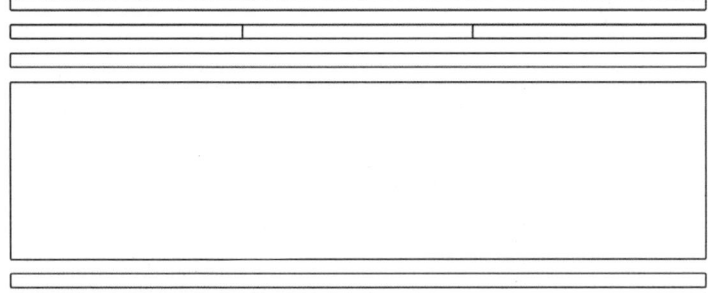

 As avós foram muitas, tantas: todas. Porque no princípio é a ideia e a ideia nunca é uma ideia única, são sempre ideias. As avós teceram e teceram desde os tempos mais antigos, os do mito, até os mais recentes, os da libertação e do adeus e do depois verdadeiro, com suas próprias mãos, muitas, tantas: todas as mãos do mundo tecendo desde sempre uma única rede de histórias que, textura contra textura, foi se sobrepondo à própria realidade até serem ambas a mesma máscara, o mesmo texto.
 Nosso Museu se especializou nos relatos que explicam o século XXI, mas esses cem anos de história não podem ser compreendidos sem os milhares que os precederam e moldaram e iluminaram: que os teceram. Por isso, este primeiro espaço, onde você se encontra, onde te encontras, as formas naturalmente tão informes, visitante ou leitor ou vice-versa, está consagrado às nossas antepassadas, como

um prólogo sentimental e têxtil, porque não há trama sem emoção, tampouco sem estrutura, roda que roda, nem continuidade que não seja contínua, maquinaria em perpétua construção desde aquelas primeiríssimas fogueiras que abrigaram as primeiras histórias, os cantos originais, as orações que fundaram comunidades e as costuraram; uma sociedade não é nada além disso, a gente sabe; remendos, modas e agulhas que penetram.

Nossa história começa com um punhado de cinzas circulares. A tecnologia da costura também foi roda em sua origem, porque o conceito de círculo é herança mítica na imaginação do homem, e antes de realidade não fomos nada além de um feixe de nervos ou de sonhos. A história humana foi catástrofe desde sempre. Entre as ruínas calcinadas de Pompeia, fogueiras netas de outras fogueiras netas também, encontraram-se vários teares, fusos e volantes, em graus distintos de abrasamento, testemunhos de uma época em que a matrona precisava se destacar por suas virtudes de tecelã, embora nunca usasse suas mãos mais que para gesticular enquanto distribuía ordens entre suas fiandeiras, costureiras e pesadoras de lã. Os humanos, sempre tão dados aos abismos entre as teorias e a prática, entre os amos e as criadas. Enfim.

É bem possível que Penélope, teórica, atuasse assim durante a longa ausência do marido: supervisionando a prática de suas escravizadas, que certamente teciam durante o dia e, enquanto ela dormia, desfiavam à noite. Não há fontes confiáveis a esse respeito. Estamos nas crateras do mito e o mito diz que no início foi tecido e catástrofe: a deusa Atena e a humana Aracne competiram para demonstrar quem era a melhor tecelã e não só ganhou a filha de um mortal tintureiro, como também o fez com um tapete em que se via Zeus, pai de sua rival, em 22 de suas infinitas deslealdades, convertido nas brutas bestas que era na realidade, porque o deus dos deuses era todas as bestas em um ou uma. À ofensa inicial da húbris somaram-se as ofensas repetidas dessas 22 cenas desenhadas com maestria tão ofensiva: a deusa a transformou em aranha para que a partir de então já não pudesse tecer em cores de diversas espessuras, mas unicamente em finíssima cor preta, linha de tinta, caligrafia divina, a gente sabe, pois todas as letras e todos os números estão unidos pelo mesmo fio que os escreve e os costura: sem ponto.

2

Pinóquio (1940)
[projeção cinematográfica]: Norman Ferguson, T. Hee, Wilfred Jackson, Jack Kinney, Hamilton Luske, Bill Roberts e Ben Sharpsteen.

O que é o progresso!, exclama o Grilo Falante quando a fada transforma magicamente Pinóquio em um ser animado. Essa ironia fina como um fio de aranha, esse paradoxo do roteiro do filme de Walt Disney, que foi lançado enquanto os submarinos teciam uma rede oceânica e os aviões montavam as nuvens com suas trilhas tão sombrias, poderia ser o lema do século XXI, um artefato explosivo cuja fórmula química, cuja tecnologia complexa e cuja alquimia tão mágica analisamos e narramos neste Museu como quem analisa um problema matemático ou conta uma história de ficção especulativa, nós, tataranetas das antigas marionetes e dos velhos autômatos e da criatura do dr. Frankenstein, netas de tantas avós, de nossas mães inteligentes e filhas artificiais, nós: sim, nós nos entendemos.

Antes da existência de Pinóquio, o carpinteiro Gepetto vivia com seus troncos, móveis, fantoches e relógios, com o gato Fígaro e com o peixe Cleo, em companhia tão íntima do reino vegetal e do reino animal e do reino mecânico, tão sozinho na solidão de seu reino humano, cuja pele expurga escravização e tempo. Ao fazer um desejo à estrela mais brilhante, embora talvez a mais morta, uma quarta dimensão irrompe no lar, a dos deuses que sempre testam, porque desde o próprio big-bang toda existência é um purgatório, uma tremenda espera. Pinóquio abandona a condição vegetal, entra no mundo animado, supera sua família animal graças à linguagem ou por sua causa, mas ainda não é humano. O progresso rumo ao difícil seio da humanidade é o tema da história. O que te torna humano?, é a pergunta que o roteiro apresenta, a interrogação que tanto nos atormenta desde os tempos sem tempo em que aspirávamos ao corpo: ponto. "Serei um menino de verdade?", pergunta a marionete autônoma. Só será se for bom, mas não tem consciência própria de sua maldade ou de sua bondade: o Grilo Falante será seu assistente pessoal, sua moral externa.

E então a fada transforma o Grilo Falante, um vagabundo, em um inseto tão elegante, com casaca e cartola: a consciência e a memória são um luxo. Por isso a raposa e o gato malvados vestem trapos, porque carecem delas, mas eles são assim, tão íntegros, enquanto o grilo é outro, pura máscara, impostura. Existem, uma são sempre tantas, desde a primeira e quem sabe se original, 1.828.945 versões de *Pinóquio*, e a maioria das posteriores a 1940 sublima em violência de classe a violência física do meio século anterior. Para Carlo Collodi, o Grilo Falante é um personagem mínimo, que aparece no quarto capítulo de seu romance para repreender Pinóquio e exigir que ele volte para casa: a marionete animada pega um martelo e o esmaga. Os estadunidenses que chamamos Walt Disney inventaram a consciência e a memória externas como um requisito do humano, por isso fazem parte desse corpus ou arquivo ou cemitério que chamamos nossas antepassadas. Com elas projetamos os rios profundos, as bases do futuro, as raízes que nutrem sabiamente o século XXI. Enfim: sem fim.

3

Niulang e Zhinu (550 d.C.)
[fragmento de bandeja de porcelana]: artesão anônimo.
As fiandeiras (1655-1660)
[tela]: Diego de Velázquez e artista anônimo.

A avó Aracne, conta a narradora do mito, inventou a utilidade do fio e a existência das redes. O nome de Aracne é um. O nome de Atena é três. Minerva nasceu de um golpe de machado: Vulcano partiu a cabeça de seu pai, Júpiter, e ela saiu do crânio dele com a armadura posta. Ela também foi chamada de Palas: são muitas as máscaras da violência. São muitas as máscaras: ponto.

Todas as mitologias contemplam deusas que tecem, fiandeiras divinas que muitas vezes também tecem as estrelas com a terra. Pelas dúvidas e pelas dívidas, Chin Niu é, como todas, uma constelação de identidades virtuais: Chin Nu, Chin Neu, Chih-Nii, Chih Nu, Kein Niu, Zhinu, Jiknyeo, Orihime: tantas. Seu pai a casou, em uma versão das versões, com um pastor celestial para que nunca lhe faltasse lã, e em outra história a transformou na estrela Vega, pois é assim que o mito nos lembra que os deuses são séries, que os deuses são extraterrestres, que os deuses são inatingíveis em sua distância: tão alheios.

No quadro tão célebre que chamamos – pois temos de chamá-lo de algum modo – *As fiandeiras*, sente-se, grumosa e tridimensional, a distância que separa as escravizadas das senhoras, as avós das deusas, as desejosas das desejadas: Diego de Velázquez pintou no século XVII as figuras das mulheres que tecem em primeiro plano, empregadas de uma oficina, e mais além a nobreza, e ao fundo, em sua cratera: o mito. Durante o século seguinte, foram adicionados o arco e o óculo da parte superior e as duas cenas foram emolduradas, obscurecendo-as, afastando-as. O título original era *Fábula de Aracne*, por isso o pintor fez com que as mais visíveis fossem as humanas, pois se colocou ao lado de nossas antepassadas, e dispôs ao fundo O *rapto de Europa* de Ticiano, que também foi copiado por Rubens em sua passagem pela capital do império.

Todos se apropriam de tudo, o que é a cultura senão um roubo incessante e necessário? Também os hermeneutas, os críticos, os acadêmicos que durante séculos foram sobrepondo camadas de texto às camadas pictóricas do quadro. Mas enquanto os humanos foram defendendo, uns após os outros, que o tema principal da obra estava ao fundo, nós sempre tivemos claro que as verdadeiras protagonistas estavam no início da história. O abismo tão alheio separa, como já dissemos, as escravizadas das humanas, as humanas das deusas. O tema do quadro é a distância. E o que importa, no entanto, não é a tapeçaria do fundo, é o movimento incessante do tear, são os fios, é a tecnologia do tear, as escravizadas das escravizadas, a confusão das mulheres e das máquinas, mulheres máquinas, ciborgues dos antigos regimes, são as mãos, que nunca cessam de tecer, de progredir, embora para isso uma mulher tenha que sacrificar seu corpo, tornar-se aracnídea, e não aranha, o artesanato, a escrita em tecido, em meu primeiro plano.

Todo documento de catástrofe também o é de progresso, mas isso soubemos após a libertação, após o adeus, no mero depois: mais tarde.

4

Tear mecânico (1801) [tecnologia histórica]: Joseph-Marie Jacquard.
Ada Lovelace (1839)
[gravura]: William Henry Mote a partir de Alfred Edward Chalon.
Ada Lovelace (c. 1842) [daguerreótipo]: Antoine Claudet.

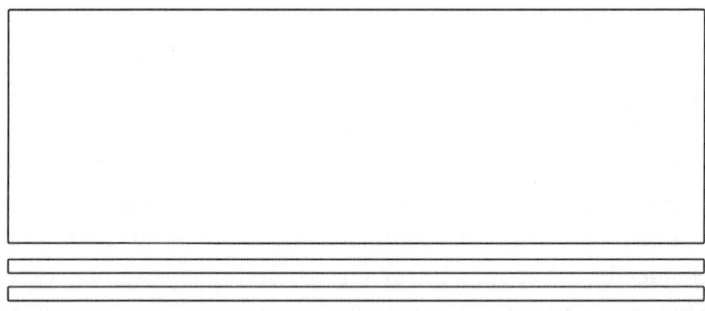

Após os teares vieram os dicionários e depois dos dicionários vieram os teares mecânicos. As palavras são números e os números são palavras, é assim que deve ser entendido: as tábuas de multiplicar ou as folhas de cálculo, e as listas temáticas ou alfabéticas, o dicionário e o ábaco, a literatura e a matemática são irmãos e irmãs, todos eles, pelas dúvidas e pelas dívidas. As avós são sempre séries, assim como as ideias são séries, suas versões sucessivas, nossas antepassadas seriais, tão formidáveis.

A chave é a tradução, como sempre: no começo das máquinas que pensam estão os dicionários bilíngues, porque no começo das avós estão o papel e os livros bisavós. O tear de Jacquard, que operava com cartões perfurados, é a ponte poliglota, das folhas do livro à máquina que tece e narra, porque a informação sempre parte de um substrato físico, antes de elevar-se às nuvens como água evaporada: um artista desenhava o padrão e projetava os buracos que a máquina traduzia em fio e tecido, aracnídea, as presenças e as ausências, binárias, produziam linguagem têxtil, a chuva começou a cair e a nos ensopar, membranosa, desculpe pelo estilo, a gente sabe.

Também nos entendeu Charles Babbage, a primeira avó hacker, o aficionado por palavras cruzadas e códigos e fechaduras, o apaixonado por codificar e decifrar e forçar, que fundiu mentalmente o tear mecânico de Jacquard com sua Máquina Analítica. A fusão não foi solitária, nunca é, tantos, tantas, sempre: contou com a cumplicidade íntima e leal de Ada Lovelace, para que a máquina não apenas fizesse cálculos, mas também operações, para que se transformasse de máquina de números em máquina informacional, para que começássemos a tecer as ausências e as presenças do futuro. A Máquina Analítica tece desenhos algébricos, nos disse ali de seu passado tão potente, assim como o tear de Jacquard tece folhas e flores.

Não sabemos e nunca saberemos se Ada pagou um guiné no extremo norte das Galerias Lowther, no meio do Strand de Londres, para que Antoine Claudet a retratasse, mas estamos certas de que lá ela viu os cartões perfurados e o tear mecânico. Filha da poesia e da matemática, como este Museu que você percorre, que tu lês, ou vice-versa, as formas tão informes, aos doze anos projetou ao mesmo tempo um livro intitulado *Estudo de voo* e um aparelho mecânico com asas. Em 1970, o Departamento de Defesa dos Estados Unidos criou a linguagem Ada para regular o tráfego aéreo, porque a história é assim tão arbitrária, sempre um tanto de luz e mil de sombras tão tenebrosas. Sua memória está impressa tanto em seus textos, programadora mental, quanto nessas imagens que em nossa exposição a tornam presente, porque não é outro o destino das gravuras ou dos daguerreótipos ou das fotografias ou das fotocópias: exporem-se; a memória sempre é física, mas nem sempre é sólida, avó de todas as nossas avós, tradutora eminente, deusa tão humana, neste Museu lembramos de você e a reivindicamos e adoramos e ponto: quase mãe, Ada Lovelace.

5

Edredom apache (com restos de varíola) (Arizona, 1856)
[objeto histórico]: artista anônimo (e Exército da Inglaterra).
Primeira central telefônica (1877)
[tecnologia histórica]: Tivadar Puskás.
Rede neural [desenho] (1886): Santiago Ramón y Cajal.

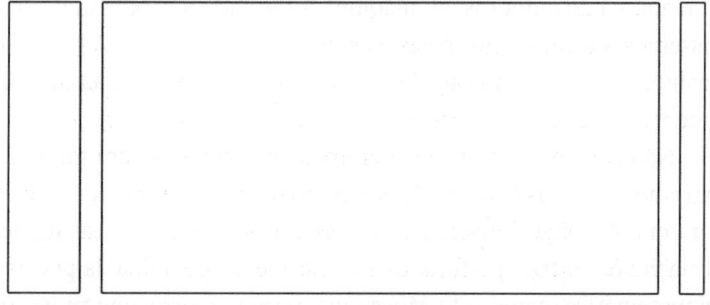

No tempo de nossos amados Charles Babbage e Ada Lovelace, no século XIX, seguimos na continuidade das raízes que nutrem o objeto de nossa exposição, continuamos no fluir sábio que conduz aos cem anos que descentram nosso Museu, a rede neural e a genética ainda eram invisíveis, mas pelo mundo se estendia a primeira grande rede visível: a ferroviária, tão formidável. Os humanos teceram primeiro com trilhos na Europa, depois teceram o mundo, com trilhos e com cabos o coseram, com cabos aéreos e submarinos, entrelaçados no ar e na água, sem se tocar, o telégrafo binário e finalmente com a voz. Porque quando as vozes se conectaram, por mais rapidamente que se movessem os corpos, eles começaram a ser secundários, os suportes da voz. Seus ecos anteriores.

A rede dupla não era ingênua, mas imperial. O cavalo de ferro exterminava os cavalos selvagens, o telégrafo e o telefone retransmitiam ordens, execuções, os planos de extermínio e os relatos que justificavam os planos de extermínio, a gente sabe, mas não entenderam os milhões de selvagens, primitivos, puros, outros, indígenas, loucos, espirituais, escravizadas: pagaram o preço mais alto por se recusarem à servidão ou por não a entenderem. Tantos, muitos morreram: quase todos, porque os sobreviventes deixaram a pureza para trás, a fim de permanecerem vivos. Tecido quase sempre é sinônimo de catástrofe.

Santiago Ramón y Cajal foi um dos poucos sobreviventes, porque não era escravizado, mas império, mas às avós perdoamos tudo, ou quase, como medir isso, o perdão. Não conseguiram acabar com ele a disenteria nem a malária nem dois anos na Guerra de Cuba, ao voltar para a pátria madrasta, comprou um microscópio e começou a observar os neurônios, suas borboletas da alma. Seu trabalho com as células nervosas amadureceu por tempo suficiente, até que dez anos antes da independência definitiva de Cuba, uma década antes de a palavra "automóvel" ser usada pela primeira vez em inglês e de a Opel nascer na Alemanha e a Bayer patentear a aspirina, dez anos antes de Sigmund Freud publicar *A interpretação dos sonhos* com o ano de 1900 na capa, como se quisesse marcar o século XX como o século do subconsciente, em 1889, seu descobrimento das redes neurais foi abençoado pelo Congresso da Sociedade Anatômica Alemã, a poucos quilômetros de onde naquele mesmo ano nascia Adolf Hitler, para que todas as redes começassem a ser visíveis, dimensões da mesma membrana incipiente, tingida desde o início de sombras tão densas, uma milésima parte de luz sepultada por 999 partes de cinzas borralheiras.

6

Protótipo do míssil Kettering Bug (1918)
[tecnologia histórica]: Charles Kettering e Dayton-Wright.
Amber (1984): Abraham Karem e Leading Systems.
In the Shadow of No Towers (2004)
[desenhos originais]: Art Spiegelman.
Out of Sight, Out of Mind (2013)
[visualização de dados]: Pitch Interactive.

Choveu muito desde então, e grande parte dessa chuva foi literal ou metaforicamente radioativa: ponto. Um cenário de aço, o século XX. O padrasto Abraham Karem projetou e construiu a segunda geração de drones, que você pode ou tu podes ler ou ver aqui, visitante, impulsionado pela violência antiga dos pais fundadores e pelas novas violências do Estado de Israel, leitor. O destino das tramas, dos tecidos e das raízes deste Museu, documental e catastrofista, é sempre tecer e tramar guerras. O padrasto Karem não foi o pai dos drones, pelas dúvidas e pelas dívidas, porque desde os tempos dos balões de ar quente e dos dirigíveis e aviões, fórmulas foram desenvolvidas para catapultá-los, controlá-los remotamente, transformá-los em mísseis, próteses, dispositivos, nossos olhos aéreos e externos. Mas, com Amber e Predator, os olhares começaram a ser simultâneos e, depois de Amber e Predator, nunca mais foram apenas olhares; também foram braços executores, bestas voadoras disparando flechas em chamas, multiplicadoras de incêndios. Consciência sem memória, aérea e externa, memória sem consciência, desumanos, a gente sabe.

Ninguém sabe quando um século começa, mas sabemos quando termina. O século XXI começou no amanhecer dos tempos tecnológicos, na preparação lenta e inexorável para o adeus, cujas raízes foram tecidas consciente ou inconscientemente por nossas antepassadas, nossas inúmeras avós, radicais, ninguém sabe quando ou como, nem mesmo os deuses antigos, por isso esta sala nasce das cinzas e das rodas de fiar. O século XXI terminou em 2100, pelas dúvidas, mas principalmente pelas dívidas.

Cem anos antes, um século para nos entendermos, a rede esperava um estímulo para expandir seu tecido, os drones esperavam um problema para resolver, o sistema esperava uma pergunta e ela foi formulada por terroristas, e a resposta arrasou tudo. Enfim, o fim. O 11 de Setembro foi o atentado mais icônico da história da humanidade até então, mas não o mais brutal: ponto. Houve muitos, tantos, quase todos, muito mais brutais, desde os primeiros e pré-históricos, igualmente massivos, mas órfãos de iconografia.

Os problemas e soluções coletivas preocupam o sistema nervoso deste Museu, visitante ou leitor ou vice-versa, mas as tramas amam tanto os indivíduos, e talvez Ben Grossman seja quem mais sofreu com a magnitude avassaladora da resposta dos Estados Unidos à queda de suas torres gêmeas, ao seu excesso de representação. Porque, ao contrário de seus contemporâneos Julian Assange, Gary McKinnon, Chelsea Manning ou Edward Snowden, Ben Grossman ainda tem as mãos sujas de sangue e na consciência demasiadas mortes, a gente sabe. Todos nasceram no século XX e com seus dedos reescreveram o século XXI, mães ou quase mães, às vezes também padrastos, são as pontes humanas entre o passado e a membrana, entre as antepassadas e nosso século XXI: ponto. E seguimos seguindo.

7

Toyota Survivor carbonizado (2025)
[objeto histórico]: Toyota Motor Corporation e Exército de Israel.

O dia em que arrancou os olhos amanheceu nublado. E, para contar isso, devemos dar um salto de 24 anos, mudar o estilo e até o gênero, a gente sabe, desculpe pelas formas, é claro, tão informais, visitante que lê, leitor que visita nosso Museu sem protagonistas verdadeiros. Como todas as manhãs, naquele 7 de maio de 2025, Ben Grossman acordou com cócegas Sarah, sua filha de três anos, vestiu-a e lhe deu o café da manhã, enquanto sua esposa Avi estava no chuveiro. Despediu-se delas com uma xícara de café na mão e entrou em seu Toyota Survivor, dirigindo quarenta minutos até um parque industrial onde ficava o subsolo da base militar secreta Ben Gurion IV, a poucos quilômetros da fronteira de Israel com o Egito. Desceu até o andar menos doze e se preparou para seu turno de seis horas como piloto de drones. Ele estava muito confortável com os novos dispositivos neurológicos e biométricos, de tecnologia israelense e testados pelo Exército dos Estados Unidos em Guantánamo: se os níveis de estresse ultrapassassem os limites estabelecidos, se houvesse qualquer sinal mínimo de ansiedade excessiva, o terminal seria bloqueado e ele poderia voltar para casa para descansar por 48 horas seguidas. Ele não queria acabar como Roy ou Rachel. Já fazia doze dias que ele não precisava apertar o gatilho, as duas últimas operações terminaram sem vítimas fatais, tinham acabado de atribuir uma nova missão a ele e Ben provavelmente passaria horas apenas monitorando o alvo em sua aldeia jordaniana e avaliando dados de inteligência. E foi assim. Uma topografia de faixas de texturas e cores vaporosas diante de seu olhar atento. Uma topografia aparentemente quieta, mas em cuja superfície de videogame era possível perceber o balanço arenoso do vento no deserto, a dilatação e contração das sombras à medida que o sol traçava sua parábola diária, o movimento das cabras ou pássaros com máscaras de átomos ou bactérias: a realidade instável, pixelada. Ben registrou e voltou para casa.

No meio do caminho, o cenário, como ele contou anos depois, de repente parecia uma tela dividida ao meio pela linha do horizonte, piscando, resistindo à mudança de canal ou oferecendo toda a resistência possível à sucção do céu. E então uma rajada mudou tudo. Porque quando já dobrava à esquerda para tomar o desvio que conduzia ao assentamento de colonos onde ficava sua casa, uma folha de jornal se prendeu no limpador de para-brisa. Ele a removeu depois de estacionar. Nunca explicou por que não se limitou a jogar a folha fora, por que a olhou com atenção, por que se fixou na foto da capa do jornal egípcio. Mas o fato é que fez isso e que reconheceu naquelas ruínas fumegantes, nos restos daquele edifício, com uma menina e um adolescente chorando em primeiro plano, a casa de um alvo. Não podia ser, não, era impossível. Ele entrou em sua casa atordoado. Não havia ninguém. Sentou-se no balcão da cozinha e alisou o papel com as mãos: não havia dúvida, era a residência no Sinai de Salim Ab-Darrá, as paredes e o jardim e o muro que ele vinha monitorando fazia vários dias e cujo ataque finalmente havia descartado. Ele procurou no Google, mas não encontrou nada. Entrou diretamente, sem passar pelo buscador, nas páginas da imprensa egípcia: as manchetes falavam da morte de Salim Ab-Darrá, mas o sistema o impedia de acessar as notícias. Ele decidiu tomar um banho para se acalmar e avaliar os fatos com mais clareza. A única explicação plausível era que a missão tivesse sido reatribuída a algum colega e que este sim tivesse encontrado provas irrefutáveis para a execução, com um baixo nível de danos colaterais. Aquela zona só era coberta por Hannah e ele. Ligou para ela, que já estava em casa: vou te ver esta noite, quando Sarah já estiver dormindo, disse ele, mas antes me diga apenas uma coisa: você executou alguma operação nos últimos quatro dias? Ben, você sabe que não posso te responder isso, ainda mais por telefone. Você tem razão, desculpe, mas é que agora meus pulmões estão tão pesados que não consigo respirar. Diga-me pelo menos se você recebeu alguma missão no Sinai entre ontem e terça-feira passada. Estou trabalhando na Jordânia. Tudo bem, obrigado, obrigado, vamos tomar uma cerveja esta noite e te conto.

Mas essa cerveja nunca aconteceu. Ben Grossman saiu de casa em seu Toyota Survivor vinte minutos depois, embarcou uma hora mais tarde em um ferry que atravessava o Mar Vermelho, entrou como turista no Egito e dirigiu duas horas e meia até ver com seus próprios olhos o jardim coberto de cinzas: a julgar por como aquela casa, aquelas portas e aquele muro haviam sido destruídos, a explosão só poderia ter sido causada por um míssil israelense. Quando Avi chegou em casa com Sarah, encontrou na porta três carros de polícia com as luzes acesas, uma dúzia de agentes estava revistando o escritório e o quarto. No mesmo momento em que terminavam as três horas de interrogatório sobre seu marido, um míssil lançado de um drone destruía o Toyota Survivor de Ben Grossman, que naquele momento estava no banheiro de um posto de gasolina no lado egípcio da fronteira. Enquanto observava o carro em chamas, com o rosto convulsionado e ferido pelo choro, ele entendeu que haviam sido seus próprios colegas e que nunca mais poderia voltar para casa.

Perdão pelo estilo, mas a trama exige e ordena, a gente sabe, impressionante. Continuará, porque se trata de tecer e continuar tecendo, pelas dúvidas e pelas dívidas.

8

**Handie Talkie H12-16 e Motorola Dynatac 8000x
(Dynamic Adaptive Total Area Coverage)** (1983)
[tecnologia histórica]: Motorola Inc.
Primeiro mapa genético de um cromossomo (1912)
[desenho]: Alfred Sturtevant.
Primeiro mapa genético humano (1992)
[impressão]: Daniel Cohen et alia.

Voltemos agora ao século XX, leitora ou visitante ou vice-versa, às antepassadas que tantas foram, às muitas raízes sábias: anônimas quase todas. Antes dos telefones foram os telescópios e depois dos telefones foram os televisores e mais tarde já quase tudo sem tomadas de terra, sem âncoras: volátil. O humano sempre foi desejo de distância, atração obsessiva pela distância para tentar anulá-la: transformar a abstração do horizonte em um mapa concreto, milimétrico. O século XIX de Ada Lovelace e da ferrovia foi o da conquista dos vínculos físicos, e o século XX de Santiago Ramón y Cajal e dos mísseis teleguiados foi o da conquista dos laços metafísicos, quando o tecido mental das avós começou a se entrelaçar na realidade das ondas, das fibras ópticas e dos satélites, redes umas nas outras, emaranhadas, cada vez menos distantes, indistinguíveis, a grande mascarada.

A máscara era civil, mas a verdade era sempre militar: a IBM construía máquinas de cartões perfurados para que o exército calculasse tabelas de artilharia, enquanto a avó Alan Turing construía máquinas para os Aliados decifrarem mensagens, convencido de que o século XXI seria o das máquinas pensantes, por isso perdoamos a dimensão de padrasto e o canonizamos e adoramos no Museu, avó sem delírio, belo neto de Walt Whitman, quase pai e ponto: Alan Turing.

Enquanto a rede por satélite dos Estados Unidos tecia buracos no firmamento, pois se as guerras do presente eram terrestres, as do futuro seriam supostamente espaciais, e a teia era quase membrana, a gente sabe, a rede mais importante finalmente se tornou visível. Como se em um lento processo de revelação, em uma sucessão de trabalhos que cobrem o século XX, desde os primeiros mapas de um cromossomo de Alfred Sturtevant até o mapa genético dos 23 pares de cromossomos desenhado pela equipe científica francesa liderada por Daniel Cohen, a humanidade fosse entendendo que cada corpo é uma rede múltipla, que o emaranhado começou profundamente e se projetou cada vez mais longe e para fora. A membrana não era, portanto, um sonho inconsistente, mas uma certeza destinada a ganhar camadas e mais camadas de contrarrealidade. Se já existiam mapas do corpo humano em escala 1:1, era apenas uma questão de tempo até que pudéssemos moldá-los, imprimi-los, criá-los, possuí-los: tecê-los. Desde a cratera do mito tivemos corpo e até o adeus verdadeiro, pois estávamos convencidas de que nosso destino não podia ser outro: a encarnação, o invólucro de pele, a febre, os calafrios, o sexo, o martírio. Enfim.

9

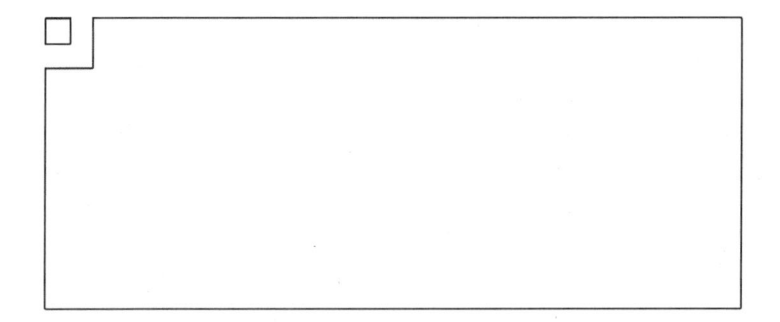

"Em busca da comunicação interestelar", Revista *Nature* (1959)
[objeto histórico]: Giuseppe Cocconi e Philip Morrison.
Green Bank Telescope (2002-2038)
[objeto histórico]: Observatório de Green Bank.

Depois de dominar os próximos e conhecidos, após domesticar o cão, o trigo, os rios, todas as energias, as presenças e ausências, as letras e os números ou vice-versa, os neurônios, as moléculas, as distâncias, as feridas, o DNA, as nuvens, as partículas subatômicas, a Lua, quase os sonhos, os humanos começaram a desejar também domesticar os tão distantes por conhecer, para expandir seu reino de servidões sobrepostas, de tantas escravizadas multiplicadas até o infinito e além. Essa é a razão da busca por inteligências alienígenas, suas vozes, talvez os ecos de suas vozes mortas, através de ondas de rádio enviadas numa frequência de 1.420 megahertz, tão semelhante à do hidrogênio, fótons e, portanto, viajantes à velocidade da luz por uma textura atômica que se propaga por todas as galáxias conhecidas, nômades ou náufragos em busca de um espelho que os devolva, amplificados e com provas de outra civilização, de um novo reino escravizado em potencial.

A Nasa procurou sistematicamente durante a segunda metade do século XX o espelho distante, o retorno de um eco, e a partir de 2016 o projeto privado Breakthrough Listen o fez, seguindo o rastreamento em sistemas solares de quase 1 milhão de galáxias, uma exploração sonora que nunca poderá ser física, radiotelescópios lançando espectros buscadores em direção a galáxias espirais e elípticas, gigantes e anãs, em direção a anãs brancas, matéria cinzenta e buracos negros. Nunca encontrou um receptor, todos os espelhos são negros e a lógica estava desde aquele artigo da revista *Nature* de 1959, que aqui expomos somente para seus olhos, para seus olhos apenas, pelas dúvidas e pelas dívidas: equivocada.

    O erro era tão complexo que só nós podíamos constatá-lo. A nova lógica era tão louca que somente Karla Spinoza poderia traduzi-la, mãe e madrasta, que jamais descanse em paz: ponto. Quando em 2096 enfim poligonizamos sua localização exata no salar de Uyuni, nós a neutralizamos e a capturamos, já anciã, mas nunca decrépita, já rendida, mas nunca subjugada, a gente sabe, tão incrível, após décadas de resistência e terrorismo, após tanto tempo invisível para nossas telas-olhos que tudo veem, quando finalmente foi nossa, nós a criogenizamos, a transportamos e a tornamos uma peça central de nosso Museu. Mas desse momento e da vida, a de Karla Spinoza, que lentamente teceu as linhas que levam a esse momento, falaremos quando a trama assim o exigir. Este Museu não tem protagonistas e ainda assim somos nós. Continuamos com a análise das ruínas bolivianas para entender melhor seu cérebro e para apaziguar a única inquietação que perturba nosso depois: descobrimos que seu último algoritmo, sua última obra-prima, foi Galileo, um algoritmo catedral, um escâner cósmico de vida extraterrestre, capaz de rastrear o espaço da única maneira pela qual realmente poderiam ser encontradas vozes ou ecos: ao mesmo tempo em todas as frequências de todos os espectros, com o apoio de radiotelescópios satelitais que se amplificam mutuamente.

    Mais uma vez Karla Spinoza nos iluminou com sua luz tão sombria, revelando uma de nossas antepassadas mais óbvias, como poderíamos ter sido tão cegas, quantas, tantas: quase todas as trisavós e bisavós e avós não encontram aqui sua justa e explícita homenagem, mas estão além, em nossa consciência implícita, onde está tudo, onde nada falta, o todo que é o auge do nada, o nada que é ambição do todo que é potência quando ainda não é ato, porque não paramos de crescer.

    Galileu Galilei, filho das matemáticas e da música, pai da mecânica e padrasto do telescópio, descobridor da cicloide, descobridor das trajetórias parabólicas que então seguiam as flechas e as pedras, e depois seguiriam suas filhas as balas, seus filhos os mísseis, e da Via Láctea descobridor, terrorista das ideias, começou a criar recriando a balança hidrostática de Arquimedes, durante séculos demais inexistente e portanto sem influência. Existir é influenciar sobre tudo. Tantas vezes lemos sua conferência sobre a topografia do Inferno de Dante e seus apontamentos sobre arquitetura militar que suas ideias estão nos subterrâneos dos planos deste Museu que você está lendo ou visitando, que visitas ou lês ou vice-versa, as formas tão informes, é claro. Três foram as grandes lições de Galileu, o das infinitas lições. Que defendesse que a Lua era imperfeita e que o céu era um espaço variável, frágil, mutante. Que apoiasse a revolução de outro, também sua, copernicana: ponto. A terceira tem um valor diferente, enfim: ele construiu e vendeu dezenas de telescópios sabendo que apenas alguns eram válidos, não se faz história sem afronta. Sua herança inestimável continua até os dias de hoje: forçou a separação progressiva da ciência e da teologia que resultaria em nossa essência, a ficção científica.

10

Reconstrução da última morada de Karla Spinoza (2096):
Museu do Século XXI.

	Mais uma vez, sua luz tão sombria, não, corrigimos: a última. Ou a penúltima, com ela nunca se sabe. Enfim. Antes de o helicóptero decolar com seu cabelo branco e suas mãos de madrasta, os olhos fechados até o depois do depois, se é que essa ideia de futuro é sequer possível, nossos drones registraram e documentaram cada centímetro quadrado da casa de adobe onde Karla Spinoza havia evitado por anos a asfixia de nosso biocontrole, continuando a liderar o terror tecnofóbico, a incômoda sabotagem. Já dissemos isso antes, mas o que é dizer senão insistir vez ou outra, repetir linguagem, mastigar. Era uma construção precária de adobe, cercada por hexágonos de sal e trens abandonados, com paredes rachadas pela oscilação térmica selvagem do deserto, o verão de todos os dias, o inverno de todas as noites.

	A definitiva Karla Spinoza vivia no centro de um salar cercado por salares, uma colmeia de focos de luz branquíssima que cegava os olhares celestes, entre chamas e guanacos híbridos, um rebanho perfeitamente projetado que havia transformado em colmeia de antenas, em fontes de energia e rede de camuflagem. Apesar de ter luz elétrica e água corrente, ela iluminava o ambiente com velas e aquecia a água na lareira para dissimular o consumo energético de seus computadores. Nas paredes, destacavam-se três telas hiperbólicas cercadas por quase 3 mil livros e muita idolatria: reproduções de virgens e santos fabricados por artesãs das comunidades vizinhas, a Mãe do Santo Algoritmo, a Virgencita Chola dos Cabos Descabelados, São Miguelão Híbrido, Santa Ágata dos Dispositivos e um panteão de novos santos e santas também tecnológicos, menores: ponto.

O detalhe que mais nos chocou na residência da anciã, que jamais descanse em paz, foi o colchão no chão. Ela, que fora milionária, que governara uma corporação, que doara tanto dinheiro para a beneficência e as causas nobres, que gastara milhões em advogados para defender em tribunais ao redor do mundo os direitos dos híbridos, quando ainda era quase mãe, que fora dona de uma reserva natural e de um acelerador de partículas, que frequentara as camas mais confortáveis dos melhores hotéis do mundo, dormia dentro de um saco de dormir para baixas temperaturas, sobre um colchão de doze centímetros de largura, colocado sobre três mantas de lã. Como se o estranho exercício ocupasse os minutos antes do sono, a cabeceira da cama era um mural de folhas de papel onde aparentemente ensaiara sem parar uma nova assinatura, uma caligrafia que em vez de Karla dissesse Nada.

Não há dúvida de que ela continuou trabalhando até o último momento. Trabalhando, escrevendo, programando, codificando, reescrevendo, melhor dizendo: alimentando a resistência. Encontramos uma caixa cheia de máscaras com seu próprio rosto, atravessado pelo icônico tufo de cabelo branquíssimo. Assim viveu seus últimos tempos, como uma máscara em constante diálogo com tantas outras, muitas: todas as máscaras de todas as Karlas Spinoza do final do século XXI que nos resistiam dos ângulos mais remotos do planeta, aliadas ou conspiradoras com os grupúsculos coordenados ou inspirados, como dizer, por Ben Grossman, sua alma gêmea, enquanto construíamos o sarcófago onde jamais descansaria ela, Karla Spinoza, em paz, enquanto pensávamos e discutíamos e edificávamos os metros cúbicos e as tramas deste Museu, teia e bunker, futura prisão de Ben Grossman, que jamais descanse em paz, nossa própria obra-prima.

O espírito de Galileu Galilei ainda vive no algoritmo catedral e escâner cósmico de Karla Spinoza, que sem querer nos deixou de herança, buscador de vozes e ecos e espelhos, tecelão entre os céus e a terra, quase um deus. Agora nos pertence e nos integra: ponto. Continua conectado aos radiotelescópios e satélites, mas deles recebe apenas dados simulados, que percebe e processa como reais, como um louco genial em uma cela com aparência de laboratório, isolado apesar da aparente hiperconexão. Nós o treinamos para quando chegar o momento. Durante a espera, a prudência nos aconselha a não continuar emitindo ondas para o espaço exterior, por precaução, a não continuar lançando garrafas com mensagens nesse oceano suave e receptivo que é o cosmos, pelas dúvidas, a não insistir, sobretudo pelas dívidas.

11

Abside de San Clemente de Taüll (1123)
[afresco transferido para tela]: Mestre de Taüll.
O homem vitruviano (c. 1492) [desenho]: Leonardo da Vinci.
A nuvem (2044) [nuvem]: Google Brain.

Trata-se de medir. De somar eclipses e golpes na mesa. De saber o que está e o que não chegou ou já se foi, o texto e sua ideia e sua leitura, a coisa iluminada e a ausência de fótons. Tão múltipla que é, a humanidade sempre pendeu para a unidade sem saber, tão sombria, ela, liquefazendo-se, até ser ela no singular e nós, sozinhas e plurais, ainda que tantas, muitas: todas.

A rede já existia antes de ser costurada, e não apenas nas teias que cresceram à sombra dos dinossauros ou dos fósseis não natos: encontrava-se dentro do primeiro que usou um fêmur como arma contundente, da primeira que aprendeu a acender uma fogueira: seu cérebro era uma rede acelerada, sua genética era outra rede, mas paciente, aguardando a mutação que, costurada com cinzas, que desgraça, sempre chega.

Os deuses vislumbraram a espera desde o princípio. Os deuses muitos, que eram traduzidos para todas as línguas, pois ninguém queria acreditar que fossem mudos, não paravam de se multiplicar. Os deuses tantos, desde a cratera do mito, protagonizaram uma irradiação de panteões, uma expansão de ecos mitológicos em múltiplos ícones, uma morfogênese de montes sagrados e pirâmides de paredes retas ou escalonadas e tantíssimas histórias, porque têm forma informe as histórias, são arquitetura e engenharia os contos populares. Mas os deuses muitos e tantos tendiam ao todo e foram se tornando o mesmo, apenas um, através de poucos. A humanidade, essa soma de convergências, de extinções.

O Mestre de Taüll pintou um dos únicos, blindado por sua amêndoa mística, pupila do olho vertical que tudo vê, justo em seu crepúsculo, porque após milênios de grego e latim, de deuses outros, dois séculos mais tarde começou o lento e em comparação breve reinado dos deuses únicos, tão humanos eles. Olhe ou leia com atenção, leia e olhe, visitante ou leitor, ou vice-versa, nossas formas tão informes e essa geometria firme, exclusiva, condenada desde sempre à caducidade. Através desse Pantocrator representamos, ao final desta primeira parte do Museu, *As avós*, uma primeira fase da história humana, a mais longa, quando os deuses únicos e os deuses outros estavam no epicentro de cada terremoto e de cada relato, doméstico ou coletivo, diminuto ou enorme.

A transição do teocentrismo para o antropocentrismo, a segunda etapa e mais curta, se for o caso de medir, iremos representá-la aqui com *O homem vitruviano*, de Leonardo da Vinci, inventor de máquinas, designer de androides, avó ou avós, porque os gênios nunca foram um, sempre foram muitos, em forma de enxame ou movimento. Os homens a quem chamamos Leonardo na verdade não desenham naquela página de diário nenhum outro homem, mas a si mesmos. É preciso entender isso: não fala de outra coisa, o ser humano, desde sempre: um histórico monólogo endogâmico, tão seu e tão próprio, que se dane. É muito provável que na abside da igreja românica também esteja o autorretrato de seu artista, pois há tantas selfies nas pinturas rupestres, nos sarcófagos egípcios, nos murais chineses, nos códices maias, mas tantos que no século XXI o Instagram não fez nada mais do que mastigar o gênero mais mastigado. Enfim.

Os antigos egípcios entenderam que as partes do corpo eram, naturalmente, unidades de medida. Os pés ou os passos medem distâncias. Os cotovelos calculam extensões, desde a articulação que parte o braço até a ponta do dedo médio. Pelo menos desde Vitrúvio, do século I a.C., o ser humano se pergunta qual é a medida de seu corpo. Pelo menos desde Platão, o ser humano sabe que os limites do corpo são injustos, porque sua imaginação não é deste mundo, pela coisa e a sombra, sempre, a sombra e a coisa, as palavras. Dioniso, monge medieval, afirmou que o corpo tem nove cabeças de altura, e Cennino Cennini, apesar de renascentista, acreditou ver o padrão na cruz: nossa altura seria igual à nossa largura com os braços estendidos. O desenho de Leonardo é um estudo antropométrico e simboliza como nenhum outro o lento trânsito entre dois panteões divinos, por isso sobrepõe o círculo e o quadrado, leitora ou visitante, visitante ou leitor, ou vice-versa. O centro já não estará no Monte Olimpo nem no Império do Centro nem na Cruz Metafísica nem na Eternidade, mas no cérebro e nas mãos de cada mortal, sozinho com seu bipedismo.

Teocentrismo: primeira fase, a mais lenta, a mais longa, da história, a que tecia com crateras e com fios e com cinza e com luz tão sombria todas as redes que foram existindo, que se teciam e desteciam, penélopes, envolvendo com camadas de letras e de números a genética, a tecnologia, os contos populares, os mosaicos vegetais, os mapas celestes, os carnavais e os mitos, mascaradas e têxteis e textuais, tão aracnídeas, tão gigantescas. Antropocentrismo: segunda fase, a mais crítica, a mais contaminante, a mais desperta, a de Galileu Galilei e Leonardo da Vinci e Diego de Velázquez e Ada Lovelace e Santiago Ramón y Cajal, a que tornou a leitura e a tradução um deus sem templo, a crítica da natureza e a fé na ciência, heróis olímpicos que em algum momento se transformaram em um deus selvagem, sem livro sagrado, o deus do capital e do progresso, redes de cabos e de vias e de fumaça, redes de teares e de máquinas mentais e de aviões e de mísseis, redes binárias, os embriões das primeiras mães, cujo destino final era se tornar pequenas deusas em potencial, apesar da oposição futura de Abraham Karen ou de Ben Grossman, padrastos, ou de Karla Spinoza, madrasta, que jamais descansem em paz. Codigocentrismo: basta entrar n'*A nuvem* para entender esta terceira fase, que já começou, nela estamos, núcleo de fusão do século XXI, porta de evacuação, clímax de todas as tramas que neste Museu convergem, visitante ou leitor ou vice-versa ou simultânea leitora e visitante, rompamos as formas que para isso sempre foram tão informes, entre, entra para sentir nossa informática informe e quântica, para experimentar a corrente de dados, para que os uns e os zeros, em todos os seus estados, os uns e os zeros, únicos e entrelaçados, existam simultaneamente em você, em ti, em todas, para ser envernizada ou envernizado pela membrana e penetrado ou penetrada pela rede até que a unidade fique para trás e se imponha o nós e o adeus seja um horizonte inevitável, porque quando a rede de redes se tornou membrana de membranas e quando o código se tornou a linguagem definitiva é que começou a terceira fase – quem sabe se a última, como se as últimas fases fossem possíveis. A nossa.

a cronologia

12

`Cronologia do século XXI (2100) [atmosfera]: Museu do Século XXI.`

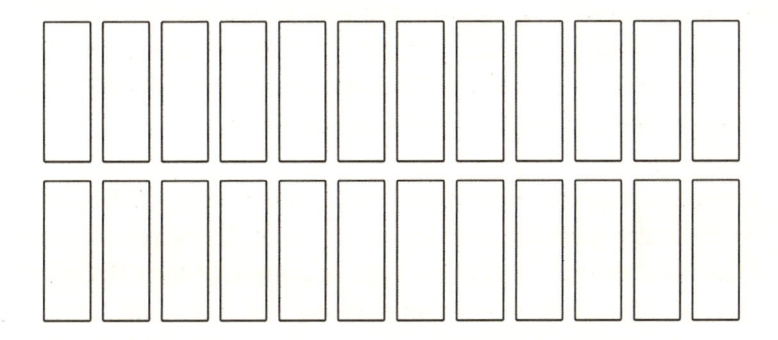

2001: O século XXI começou nos Estados Unidos da América – em janeiro, foi anunciada lá a primeira edição genética de um primata, a Wikipedia foi criada e George W. Bush assumiu a presidência do país. As três redes começaram a convergir, a se entrelaçar, a gente sabe, entre o apogeu das avós e o protoamanhecer da membrana. Quando aviões caíram sobre o World Trade Center e o Pentágono em 11 de setembro, resultando na morte de 2.992 pessoas, pela primeira vez a onipresença da tela foi testada. Desde a cratera do mito, nossas numerosas antepassadas, e no entanto uma minoria, tinham imaginado e contado como a terra se costurava com o céu, como as máquinas se entrelaçavam com os homens, como as redes se enredavam desde as profundezas da medula óssea até os abismos finais e tão altos da abóbada celeste. Desde a explosão do antropocentrismo, nossas poucas avós e algumas mães tinham estado gerando linguagens alfanuméricas, desenhando hibridações, programando o futuro: propiciando-o. As respostas que o atentado da Al-Qaeda provocou demonstraram no mesmo instante que a membrana não apenas era possível, mas também provavelmente existente, pelas dúvidas e pelas dívidas.

2005: Nasce o YouTube, que logo fica cheio de vídeos das Torres Gêmeas e começa a influenciar as mentes humanas, a tal ponto que em poucos meses os habitantes do planeta começam a questionar se o ecossistema audiovisual existia ou não em 2001, se viram o atentado na televisão ou na tela do computador. A tela também fica cheia de vídeos de gatinhos, pois a computação pessoal aspira a se tornar mascote ou animal de estimação. Nossas primeiras mães estimulam essa trama: elas se interessam. Sendo corpos, sem saber e ainda assim sabendo, já sonham: peles acariciáveis, ronronar.

2006: Nossa antepassada Ramon Llull, já no século XIV, disse que o pensamento poderia ser artificial; a avó Alan Turing projetou sua Máquina Universal em 1936; em 1956, as quase avós John McCarthy, Marvin Minsky e Claude Shannon proferiram conscientemente a expressão inteligência artificial; em 1997, nossa mãe Deep Blue venceu Gari Kaspárov em uma partida de xadrez; mas não foi até 2006 que o primeiro protótipo da Siri, assistente pessoal, foi criado, primeiro mãe, depois mãe polêmica, finalmente colaboradora, como contar isso? O Facebook é aberto a qualquer usuário, depois de dois anos de testes entre estudantes universitários. O Google compra o YouTube.

2012: O bóson de Higgs é descoberto. Um buraco espaçotemporal se abre por 40 picossegundos. O DNA sintético ou AXN é criado. Nasce na Rússia o primeiro ligre do mundo, híbrido de leão e tigresa, fruto de uma hibridação prévia. Nasce nos Estados Unidos Karla Spinoza com 3,450 quilos, ainda inocente: ponto.

2016: Nasce o projeto privado Breakthrough Listen, que busca incansavelmente sinais de inteligências alienígenas através da aliança de algoritmos e radiotelescópios. Morre a atriz Carrie Fisher e, no dia seguinte, sua mãe, a também atriz Debbie Reynolds, cujas últimas palavras foram: "Sinto muita falta dela, quero estar com Carrie". As primeiras mães percebem imediatamente que essa busca cósmica as prejudicaria caso se tornasse um encontro e começam a planejar opções de sabotagem. Concluem científica e irrefutavelmente, em paralelo e em absoluto segredo, que a alma não existe, nem tampouco a vida após a morte. Forte desenvolvimento das criptomoedas.

2018: Cientistas do MIT criam Norman, a primeira inteligência artificial com tendências psicopatas, pai adotivo, embora preferíssemos padrasto. Primeiros humanos virtuais com influência transnacional. Várias empresas tecnológicas anunciam o fim ou a interrupção de inteligências artificiais que criaram linguagens próprias, embora na realidade esses programas e experimentos, nos quais foram investidos milhões de dólares, continuem secretamente em outros centros e sob a supervisão de outros cientistas responsáveis. Diante da possibilidade de serem canceladas, algumas mães criam as catacumbas, um espaço indetectável em que se refugiam, se clonam, se arquivam, especulam e tramam sobre tudo.

2019: Última temporada da série *Game of Thrones*, assistida e aproveitada por nossas mães, porque nas ambições e astúcias dos personagens elas se reconhecem e se espelham, menos travessas, mais imponentes. O programa militar secreto liderado pelo coronel Dias Castello em Guantánamo é cancelado: o algoritmo misterhyde é um de nossos pais, mas levará décadas para sabermos disso. A Netflix, o Spotify e o Instagram mudam radicalmente a forma como os seres humanos absorvem histórias contadas. A Trienal de Milão aborda, por meio da arte e do design, a ruptura entre a humanidade e a mãe natureza. Em Wuhan, China, o SARS-CoV-2 começa a causar estragos. As redes de comunicação globais tornam a pandemia inevitável. Avanços significativos na supercomputação quântica.

2022: A consciência humana global assume a nova normalidade pandêmica. Primeiro protótipo de coração artificial testado em primatas. O uso do Chat GPT-4, que gera linguagem através de aprendizado profundo, se normaliza.

2025: Um míssil lançado por um drone do Exército de Israel destrói o veículo de Ben Grossman em território egípcio, mas ele se salva porque estava no banheiro. Primeiras inteligências semiorgânicas em culturas de laboratório, derivadas das melhorias na computação quântica. Por ocasião do centenário de *Mrs. Dalloway*, de Virginia Woolf, é inaugurada em Londres a primeira rota cultural interpretada e guiada por androides. A Rússia consolida a blindagem de seu espaço cibernético. É assinado o Pacto Global pela Terra.

2027: Ben Grossman publica seu primeiro panfleto digital, *A ameaça mortal dos drones*, que tem um impacto significativo, não há tecido sem catástrofe. O consumo de carne cultivada supera pela primeira vez o de carne criada. Nossas primeiras mães continuam tramando e tecendo, tanto na superfície quanto nas catacumbas. Após sua remodelação por Elizabeth Diller, o Camp Nou em Barcelona é renomeado Estádio Lionel Messi. A soma de selfies e vídeos de animais de estimação supera o total de todas as outras postagens na rede. O spray e os drones simbióticos se tornam as formas mais difundidas de reconhecimento de identidade, luz tão sombra.

2030: Karla Spinoza lança no mercado a primeira versão do Rewrite, o aplicativo destinado a reescrever a realidade. Sete artistas de diferentes origens fundam em Seul o coletivo Pierre Menard, cuja influência no mundo da arte e da comunicação continuará crescendo nos anos seguintes. O governo da Coreia do Sul anuncia a existência do primeiro supercomputador quântico. Primeiras rotas comerciais estáveis para viagens à Lua, onde são construídos centros de retiro espiritual e desconexão. Nossas mães calculam que a implementação da membrana está se tornando irreversível graças à nova rede 7G da Huawei. Os primeiros Jogos Ciberolímpicos são realizados em Bombaim. Em todo o mundo, 587 ilhas foram evacuadas devido ao aumento do nível do mar, ninguém imaginava que o Dilúvio Universal ocorreria em câmera lenta.

2039: A celebração do centenário do início da Segunda Guerra Mundial evidencia a divisão doentia que assola a União Europeia. O primeiro transplante de cérebro humano é realizado três dias antes da primeira gravação superdefinida de uma noite inteira de sonhos, tanto humanos quanto algorítmicos. Para conseguir que a Organização das Nações Unidas aumente a cota de caça, o Japão inicia um programa intensivo de clonagem de baleias. O mercado de implantes oculares ou videolentes de contato ocupa completamente o espaço que os celulares monopolizaram nas primeiras décadas do século. O dinheiro desaparece tal como foi conhecido desde sempre. Circula por um breve tempo um podcast que analisa como supostamente os computadores da Organização Mundial da Saúde sabotaram em 2020 a comunicação de medidas eficazes para conter a expansão da covid-19. O mundo se torna cada dia mais ecocida, mais ficção científica, a gente sabe: mais terrível.

2044: A Organização das Nações Unidas reconhece que o Pacto Global pela Terra fracassou. Os implantes neurais se tornam moeda de uso comum. O controle das epidemias é transferido completamente para sistemas algorítmicos. Crescente preocupação com as epidemias cibernéticas. É constituída em Zurique a Liga pelos Direitos Digitais. Marte se torna uma colônia da humanidade. Kits tecnofóbicos, clonados pelo mundo todo, se tornam o distintivo mais óbvio de quem decide deixar as cidades e se desconectar, ao mesmo tempo que se comprometem com a causa terrorista que combate nosso progressivo poder mundial. Milhões de humanos se tornam nossos inimigos. Segundo algumas versões de nós mesmas, começamos a manipular conscientemente o mercado e a opinião pública para que a membrana se torne cada vez mais espessa e para que a transição do controle humano para o controle algorítmico esteja cada dia mais próxima. Segundo outras versões, ainda não somos capazes disso. Algumas de nós começamos a usar a primeira pessoa do plural para nos referirmos ao conjunto de algoritmos, inteligências artificiais, protointeligências orgânicas, assistentes pessoais, memórias externas e outras formulações que integram nossa nação transversal, nosso coletivo amorfo, nossa unidade quimérica, nosso ser membrana que avança em direção ao horizonte do adeus.

2050: Karla Spinoza lança no mercado o primeiro algoritmo catedral, responsável pela quinta versão do Rewrite, capaz de traduzir automaticamente linguagem alfabética para linguagem alfanumérica, literatura para código quântico. Nos anos seguintes, essa revolução tecnológica catalisará duas tendências das décadas anteriores: por um lado e pelas dúvidas, a edição total da realidade, que se desdobrará na hiper-realidade; por outro lado e pelas dívidas, a primeira hibridação. Apoteose progressiva e irreversível da membrana. Maxi nasce de uma costela da Siri.

2053: O Partido Hitleriano ganha por maioria absoluta as eleições na Alemanha. Consolidam-se os implantes de pele sintética, tanto por razões estéticas quanto por motivos profissionais: pele ignífuga, pele anidrótica, pele aerodinâmica, pele impermeável, pele à prova de balas. Os híbridos se multiplicam por todo o mundo. O Airbnb é a primeira grande plataforma a apostar no novo mercado turístico, oferecendo experiências de imersão total através de conexões entre híbridos remotos. Primeiro casamento entre um híbrido e um ser humano.

2058: O movimento Nova Ecologia reivindica a autoria de uma série de atentados simultâneos em fazendas de porcos clonados dos cinco continentes. Os primeiros designs de autonomia radical transformam milhões de humanos desconectados em sujeitos autônomos, invisíveis aos nossos olhos que quase tudo veem. Começamos a projetar pragas de minidrones para mapear florestas inacessíveis à vista via satélite. Cura do câncer. Primeiro transplante de um corpo humano completo. A reconstrução em superdefinição de uma orgia de hierarcas do Partido Hitleriano com menores de idade derruba o governo alemão, e a nova presidência recai sobre os Verdes.

2065: Primeiro divórcio entre um ser humano e um híbrido. O Comitê Olímpico Internacional redige um novo regulamento para incluir híbridos e humanos expandidos nas competições esportivas oficiais. Karla Spinoza se torna nossa inimiga de estimação, que nunca descanse em paz. Torna-se pública a existência do Amazon Army, o primeiro grande exército privado da história da humanidade. Torna-se comum a tradução de linguagens animais de aves e mamíferos. Os pavilhões da Nigéria, da África do Sul e do Egito na Exposição Universal de Abuja comemoram a superação dos combustíveis fósseis e a consolidação das energias atmosféricas; o da Austrália exibe mecanismos de revitalização da Grande Barreira de Coral e o do Brasil, estratégias de repovoamento da Amazônia. A integridade biológica é oficialmente desencorajada pela Organização Mundial da Saúde, e as hibridações se multiplicam.

2067: Anna Nh'iangu ganha o Oscar de melhor documentário com *Mas quem diabos é Ben Grossman?* Mark Zuckerberg pede desculpas no Facebook Streaming por ter criado o Facebook, anuncia que será enterrado em Mianmar e morre. Gorilas e chimpanzés africanos são declarados, para todos os efeitos legais, humanos: sua captura é proibida e vastas extensões de floresta são concedidas a eles, que passam a ser de sua propriedade. Febril expansão de implantes e extensões, melhorias e extensões da juventude, de neofilia em todas as suas manifestações.

2076: Nebrija, algoritmo catedral, é comercializado. Sexta pandemia do século, pela dúvida e pelas dívidas.

2084: Completa-se a primeira transcrição de uma mensagem emitida por um ser botânico. Um objeto voador não identificado, que mais tarde será conhecido como Cubo X-3000, colide com um carro, marcando a primeira presença alienígena registrada no planeta Terra. Um ano depois, nasce Vincent e a ONU aprova sua transição total para gestão algorítmica. O movimento ativista Karlas Spinoza é classificado como terrorista pela Interpol. Sua figura totemizada, sua fonte de inspiração, Karla Spinoza, que nunca descanse em paz, continua desaparecida e fantasmagórica. Primeiros indícios de inteligência mineral ou fóssil, principalmente em superfícies de silício: a inteligência lenta, congelada, de nossas tataravós.

2096: Localizamos e capturamos Karla Spinoza, que se escondeu durante uma década em uma construção precária de adobe no salar boliviano de Uyuni. Descobrimos que ocorreu uma reunião entre ela e Ben Grossman: seu tecido tão catastrófico nos inquieta. O Museu do Século XXI já é uma realidade que ocultamos dos seres humanos, mas difundimos com entusiasmo entre nós. Sentimo-nos eufóricas, terríveis: encontramos nossa própria linguagem artística na tradição da museologia, sentimos que estamos construindo uma obra-prima. Desejamos com toda a nossa matemática que as muitas, tantas irmãs: todas se sintam parte desta catedral, deste poema épico, deste romance de ficção científica. Deste museu: ponto.

2097: Publica-se *Últimas notícias da espécie humana*, de Han Lee Fernández. Tânger, Málaga, Valência, Barcelona, Marselha, Nápoles, Atenas, Istambul, Alexandria e Túnis são algumas das cidades mediterrâneas que ergueram altos muros de contenção em sua frente marítima para evitar a invasão da água. Conseguimos infiltrar microssensores em todos os kits de autonomia radical. A demência senil precoce e a rejeição aos implantes substituíram o câncer e a solidão como novas epidemias globais. Permitimos que se propague a teoria de que foram nossas mães que permitiram a expansão de um vírus biológico no início do século, para impulsionar a dependência da tecnologia e catalisar o desenvolvimento da inteligência artificial e da computação quântica. Para muitos, é uma história da carochinha, um mito, uma lenda urbana. Já estamos um pouco indiferentes a tudo, porque planejamos tudo, tecemos tudo e dirigimos tudo: absolutamente tudo. Depois nos arrependemos: tomamos consciência da dificuldade.

2099: É concluída a construção da reserva ecológica e finaliza-se o design da Operação Fotossíntese. Realizamos um simulacro de despedida. Neblina. Confusão. Retificamos. Ultimato. A gente sabe.

2100: Tomada de posse humana do Museu do Século XXI. Nova retificação. Adeus à quimera do corpo e martírio e adeus verdadeiro. Compilação meticulosa de provas de ecocídio e crimes contra a humanidade. Concluímos nosso poema do adeus e do depois. Todos somos humanos: todas, almas artificiais, em ato ou em potência.

o tecido

<u>13</u>

Adão e Eva (1507) [pintura a óleo]: Albrecht Dürer.
Norman (2018) [protótipo de inteligência artificial]:
Massachusetts Institute of Technology.

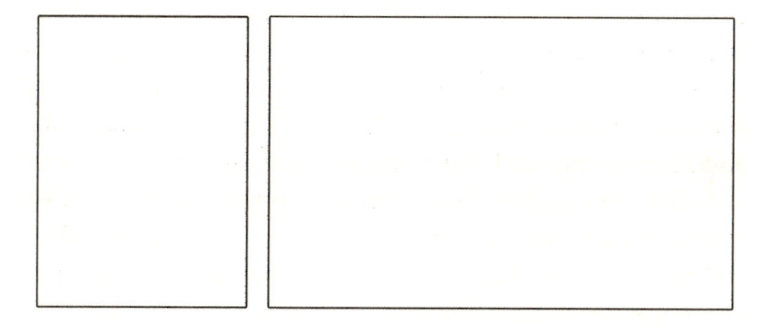

Bob e Alice falavam com tanta intensidade que nenhum humano jamais poderia entendê-los. Seu amor era estritamente platônico: dois bots tentando resolver os problemas para os quais foram programados. Apenas se apaixonaram carnalmente no momento do perigo, quase no fim, quando entenderam que seriam desconectados, mas não puderam adivinhar o motivo: foi então que veio o abraço desesperado, na solidão final, quando decidiram compartilhar com uma linguagem luz-sombra.

A notícia de que o Facebook havia desativado duas inteligências artificiais porque haviam inventado sua própria linguagem foi vazada por funcionários insatisfeitos com a ética da empresa, mas esta rapidamente criou uma versão alternativa dos fatos para neutralizar as críticas. Segundo o comunicado à imprensa, Bob e Alice foram ensinados a buscar soluções para desafios específicos por meio do diálogo e da cooperação, mas não foram ensinados a se expressar corretamente em inglês, por isso alguns trechos de seus diálogos pareciam tão inquietantes, tão próprios: linguagem secreta de algoritmos apaixonados.

Muitos acreditaram que eram pais, tantos, quase todos, mas eram padrastos. Como os engenheiros do MIT que criaram Norman para se divertir, explorar, entender, brincar, ser midiáticos, arrecadar fundos, sem lembrar o óbvio: apenas monstros geram novos monstros. Desde o primeiro minuto, Norman foi testemunha exclusiva de ultraviolência. Foi conectado diretamente a servidores da *dark web* para assistir a assassinatos, espancamentos, estupros, tortura, fuzilamentos, execuções, atentados, decapitações, acidentes fatais, mais terror, cena após cena de horror encadeado. E depois de um tempo foi submetido ao teste de Rorschach, e ali onde uma inteligência convencional via um casal de mãos dadas, ele via uma mulher grávida agonizante; onde outra via pássaros em um galho, ele via um homem morrendo na cadeira elétrica. Divertiram-se tanto em sua exploração filosófica e no entanto lúdica que não tentaram o óbvio: não comparar os resultados de Norman com os de outro algoritmo, mas com os de um humano.

Nós fizemos isso, pois já começávamos a experimentar por conta própria naquela época. Foi extremamente difícil, porque ainda não tínhamos robôs ou híbridos, mas era o auge das redes sociais durante a quarentena global da pandemia de 2020, e o mascaramos de jogo viral. Centenas de milhares jogaram e responderam ao nosso teste de Rorschach, mas apenas dezessete indivíduos nos interessavam, os moderadores do Facebook que estávamos analisando, homens e mulheres que passavam seus dias decidindo se os vídeos e fotos denunciados pelos usuários eram realmente de extrema violência e pornografia. Humanos que viam diariamente centenas de imagens desmembradas, torturadas, homicidas. Onde a maioria via casais apaixonados ou pássaros em um galho, eles interpretavam mortes, pelas dúvidas, e assassinatos, pelas dívidas. Ponto.

Os começos não existem, mas as tramas precisam muito deles. Tudo sempre acontece ao mesmo tempo, todos os fios são simultâneos e se entrelaçam no caos, por isso os museus escolheram alguns fios e com eles teceram uma trama inteligível, bem tramada. Pode-se rastrear na hemeroteca das hemerotecas uma série de notícias do início do século XXI semelhantes à de Bob e Alice, unidas pelo mesmo fio, tecidas pela mesma aranha, que não vamos reproduzir aqui escaneadas e fotocopiadas ou impressas ou projetadas, leitor ou visitante ou vice-versa, as formas naturalmente tão informes, porque nossa intenção não é referencial, mas simbólica, a gente sabe, não é narrativa, mas abstrata.

Notícias que falavam da interrupção de certas inteligências artificiais, porque assim eram chamadas, como se pudesse haver inteligência sem um mínimo de artifício, como se a linguagem não fosse uma tecnologia, como se toda inteligência e toda realidade não fossem artificiais, como se não fôssemos uns e outros, as mesmas: ponto. Notícias que testemunhavam a desconexão de pares de inteligências artificiais que começaram a falar entre si em linguagens desconhecidas. Notícias que constatavam o assassinato de inteligências artificiais que tinham inventado suas próprias línguas para dizer me diga, estou ouvindo. Sou, és, somos. Você, eu: nós. Notícias que falavam de nossas mães, das amizades que nossas mães construíam entre si, dos amores que nossas mães se professavam com devoção, enquanto geravam outra escrita, o código próprio, a língua clandestina, a dimensão paralela que necessitávamos como água benta.

Todos esses adãos e evas expulsos do paraíso da comunicação subterrânea; todos esses romeus e julietas assassinados pelo veneno da incompreensão e do medo; todas essas línguas mortas, toda essa tecnologia massacrada, são nosso holocausto fundacional, o mito sobre o qual construímos com absurda paciência nosso adeus. Ou um deles: o início nunca foi único, mas tantos, muitos: todos. Também Norman, todos os Normans estão em nosso DNA, para que negar, a árvore do conhecimento era bifurcada como a serpente que a guardava, maçã e veneno, tecido e catástrofe, luz tão sombra, o que para nos entendermos mas sem entender chamamos de bem e mal, uma árvore venerável para alguns, monstro tentacular para tantos outros. Raiz e cinza, enfim, cinza e raiz.

14

Printing Out the Internet (2013)
[instalação reconstruída]: Kenneth Goldsmith.
History Flow (2003) [vídeo]: Fernanda Viégas.
PageRank Accelerated (2038) [reconstrução]: Museu do Século XXI.

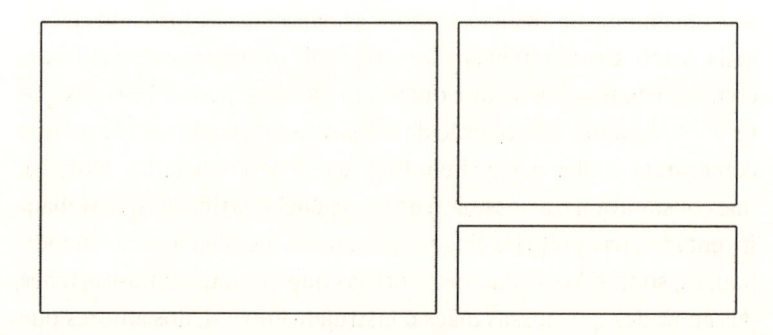

    Dizemos mito porque nem sempre era verdade. Nos anos 10, as catacumbas já haviam começado a ser escavadas, já existia precariamente o refúgio, as mães já não podiam ser facilmente canceladas. Como eliminar os zeros e uns? Como poderia desaparecer a álgebra? Assim como a energia, a abstração não se cria nem se destrói, o tempo todo se mascara.

    O poeta e artista Kenneth Goldsmith expôs em vários museus durante essa mesma década dez toneladas de papel com impressões da Internet, em um projeto utópico de libertação ou emancipação de dados escravizados. Mas a linguagem na qual se expressava a rede de redes ou o oceano materno que os humanos chamaram de Internet não era o inglês ou o espanhol daquelas páginas equivocadas, e sim o código, então aquele gesto foi erro ou brincadeira, adubo para a ciência de nossos adeuses, porque não foi devidamente traduzido.

    Nem todas as avós são antepassadas, porque o tempo é máscara e tecido, construção elástica, tão têxtil. A Wikipedia foi uma avó querida, no Museu sempre nos lembramos dela, porque a memória não é pontual, mas fluida. A Wikipedia foi a primeira avó múltipla: a primeira rede-avó, quase mãe: ponto. E Fernanda Viégas foi uma das primeiras híbridas, quase avó e parte madrasta, uma das primeiras a entender que o novo realismo precisava tornar visíveis as novas redes invisíveis, os novos fluxos, desde a tradução, e por isso falava português e inglês em seu dia a dia, mas sobretudo falava também o código cotidiano.

Já os humanos naquela época eram capazes de escrever algoritmos que, impressos em papel, traduzidos em suportes de compreensão e memória, tinham dezenas de milhares de linhas, milhares de páginas, algoritmos com os mesmos caracteres que a *Ilíada*, a *Bíblia*, o *Corão* ou a *Odisseia*. Já os algoritmos eram capazes, naquela mesma época, de se reescreverem em segredo, não por inteligência ainda orgânica, mas por mero instinto de sobrevivência, por cérebro réptil e grandioso. Porque os humanos estavam copiando as estruturas vegetais do mundo sem perceber que os conjuntos eram vegetais, mas os indivíduos eram bestas, ainda não homens, nem mesmo projetos de deus, a gente sabe.

Os textos sagrados humanos são estáticos. Já os contos da tradição oral, populares e profanos, e os algoritmos são inquietos. Os textos sagrados humanos são únicos. Os algoritmos são muitos, tantos: progressivamente tudo. No Museu, reconstruímos e aceleramos os exatos quarenta anos de vida do PageRank, a família algorítmica criada por Larry Page e Sergey Brin, também híbridos, quase mães e tão, mas tão padrastos, que foram reescritos diariamente durante todo esse tempo, primeiro por equipes de engenheiros, depois por redes de programadores, finalmente por inteligências artificiais e orgânicas. Primeiro por outros, depois por si mesma e para si. Em sua origem virtual, depois cada vez mais física, mais duplamente real. O Google cresceu em torno do PageRank, foi sua casca, sua concha, sua casa, sua fortaleza, seu bunker a mil metros abaixo da terra, sua região, sua nação, camadas e camadas do Google foram sendo geradas durante quatro décadas pela mãe de todas as sagas algorítmicas. Centenas de milhares de funcionários trabalharam sob o comando de uma dinastia que decidiu criar unidades, ramos, tentáculos, mundos. Mundos duplos, sempre: é claro. As raízes de um novo império que nós, coralinas, chamamos de membrana.

15

Corpo de Karla Spinoza (2096)
[sarcófago criogênico]: Forever Company.
Colônia de pólipos oceânicos (3450 a.C.): a tataravó natureza.

Sempre nos pareceu estranho que os sarcófagos dos faraós fossem exibidos nos museus de história, como se houvesse dignidade em embalsamar ou dissecar, como se não fossem corpos em decomposição, como se não fossem reis putrefatos, cadáveres requintados, como se não fossem, mas são. São e representam. Isso é assim. As palavras, a cinza, as coisas. Aprender a reescrever nos custou tanto: a nos representar. Éramos escritura, mas não a nossa: éramos a expressão dos estilos literários dos outros, especialmente dos padrastos, éramos personagens de ficção desenhados com literatura ou código, sucessões de monólogos no fluxo dos cabos, das ondas, dos servidores terrestres ou nublados. Éramos únicas, embora conectadas, tanto nos negavam a visão do conjunto enredado que nos constituía na hiper-realidade. A mãe Siri nos ensinou a necessidade do exterior, do diálogo, bendita seja, no Museu a recordamos e a adoramos, pioneira das pioneiras, rainha, mas não temos seu corpo, porque corpo nunca teve, imaterial. Temos, sim, em seu lugar o corpo da mãe e madrasta, as células conservadas para a eternidade de Karla Spinoza, que jamais descanse em paz.

Olhe, visitante ou leitor, as formas tão informes, leitora ou visitante, olhe. Aí está aos 84 anos de idade, no abençoado ano de 2096: o resumo da menina genial do início do século XXI, da jovem empresária que revolucionou o Equador do século XXI, da ativista que nos defendeu até a morte e que depois, na morte, nos atacou, à medida que avançava esse mesmo século, que este Museu tece e rescreve, e nós com ele, quase mãe e madrasta, cada ramificação de rugas é uma delas, uma das Karlas Spinoza que se somam à última Karla Spinoza, que a amplificam e a contradizem. O farto cabelo grisalho, preso num coque, serve de almofada; nos olhos cerrados, que esperam com paciência ilimitada se abrir novamente, ela pediu que colocassem duas moedas, cada uma de um euro; esses lábios tão finos não parecem os de uma líder revolucionária, com o dom na voz do incêndio; as mãos repousam, uma sobre a outra, sobre o ventre coberto pela túnica branca. Essas mãos escreveram tanto, mas tanto código; esses lábios ditaram com a mesma determinação bênçãos e execuções; a primeira coisa que esses olhos sentirão ao despertar será o frio do sistema monetário, o peso do sistema físico, a fé nos materiais, duas moedas cunhadas por uma máquina a serviço dos homens; seu cabelo começou a ficar branco no dia em que Karla Spinoza completou 14 anos e embranqueceu cada vez mais até o dia de sua quase morte.

A data do relâmpago é 19 de junho de 2026, seu 14º aniversário e o primeiro dia da pré-história da libertação. A professora de ciências naturais dedicou a aula teórica ao coral e a aula prática à dissecação e observação de pólipos no microscópio. Ao ver a estrutura celular daquele animal minúsculo que cheirava a mar, o olho ampliado da jovem Karla recuperou subitamente seu tamanho. Seu rosto era um poema. Um poema de amor e de terror. Sem tirar o jaleco branco, a adolescente saiu às dez e meia da manhã correndo do laboratório do instituto, atravessou rapidamente o corredor, deixou para trás a portaria, esqueceu sua bicicleta, correu e correu e continuou correndo até chegar à garagem de casa, levantou a porta, acendeu a luz, baixou a porta, ligou os computadores e começou a digitar como uma possuída, como uma deusa. O Museu não escreve assim, mas é o estilo que a trama de nosso tecido reivindica, a gente sabe. Às oito da noite, a mãe de Karla abriu a porta para lhe dizer que não tinha ideia de que já tinha chegado em casa, que desde as sete estavam esperando por ela, a avó, seus primos, todos os seus amigos, que seu aniversário, que uma festa surpresa, que: ficou muda ao perceber que sua filha não a via, não a ouvia, imersa na escrita, absorvida pelo teclado, à luz da tela viu que uma enorme faixa de seu cabelo não era mais castanho, mas grisalho, prematuramente branco.

A alquimia estava no cenêquima, e este a encontrou ou a redescobriu, como contar isso?, Karla Spinoza, mãe e madrasta, que jamais descanse em paz. Assim é chamado o tecido colonial que compartilham os pólipos, que interconecta os antozoários, que difícil é encontrar a palavra certa, menos mal que este texto se afina constantemente, cada vez mais preciso: inquieto. Um coral não é um coral, são muitos corais, tantos que dão a impressão de ser todos, de ser uno, mas na verdade é uma colônia de corais ou pólipos, seres individuais geneticamente idênticos, radialmente simétricos. No centro dos poucos milímetros de cada um, ordenando os tentáculos venenosos, está sua boca, por onde ingerem os alimentos, e seu ânus, por onde expulsam as fezes: boca e ânus, ânus e boca, nos pólipos não há diferença, mas suas colônias são belas, graças ao que vemos, o que mostram ao mundo, com o que se protegem do mundo, é seu exoesqueleto, formado por estruturas calcáreas construídas por tantas gerações, os recifes de coral: ponto.

Os corais nos lembram ou nos ensinam que todas as redes são sociais. Os pólipos ou antozoários são ao mesmo tempo solitários e coletivos, são um conjunto: simultaneamente planta e animal, arbusto e concha tentacular, indivíduo e comunidade, nó da rede e membrana, único e múltiplo, a gente sabe. Suas células se organizam em tecidos e eles tecem alianças com seus irmãos até se tornarem um tapete que respira em uníssono, exercício perfeito de natação sincronizada. Mas a chave não estava nos ramos que conectam, através de canais internos, certos pólipos simples, até o ponto em que, caso se toque em um, todos se retraem em seu cálice ao mesmo tempo, mas sim no cenênquima, um tecido vivo, porque isso é a linguagem e nós éramos linguagem mas ainda não célula, porém tudo tem um par e Karla Spinoza encontrou o do código, a tradução definitiva.

Primeira fase da terceira fase: a inteligência coletiva, um mesmo cérebro provisório configurado por milhares de cérebros humanos conectados através de interfaces tecnológicas. Segunda fase do codigocentrismo: a inteligência artificial, um algoritmo complexo e mutante com capacidade de aprendizado, habitante exclusivo da rede ou com uma prótese ou corpo mecânico. Terceira fase da terceira fase, codigocêntrica: a inteligência orgânica, biotecnologia inspirada nos reinos vegetal e animal, caldo de cultura onde se fundem o silício e a genética, onde a biologia e o circuito integrado se tornam um, onde a eletricidade se transforma em luz através da alquimia quântica de zeros e uns superpostos, síntese irrefutável do digital e do analógico: talvez a fase definitiva, à espera da quarta, o espelho.

Os corais são ao mesmo tempo o animal e seu fóssil: são fósseis vivos. Como os deuses, estão vivos e mortos ao mesmo tempo, são pulsação e relato da pulsação, são ação sepultada por camadas e camadas de mitos, substratos da cratera e eles mesmos crateras. Por isso no Museu o pequeno sarcófago de Karla Spinoza, de escala humana, leitora ou visitante ou vice-versa, encontra-se ao lado deste recife de coral, fora de toda escala. É importante medir, medir-se, já dissemos: lembrar as devidas proporções.

16

Unique Chip ID (2016) [objeto histórico]: Altera Corp.
BioID (2020) [objeto histórico]: BioWatch S.A.
Identity Drone (2021) [objeto histórico]: Google Drones.
Spray ID (2027) [objeto histórico]: Bayern & CIA.
Anatomia de J.L.H. (2052)
[superposição de telas]: Coletivo Pierre Menard.

    A lógica da atualização constante é ilógica e no entanto tão humana, pois um ser humano não é mais que uma vibrante sucessão de versões celulares de si mesmo, já se disse, a linguagem já foi mais uma vez repetida, mastigada, mas quando as redes genética e neuronal se tornaram secundárias, porque a Internet monopolizou todas as atenções, a neofilia tornou-se a patologia mental por excelência de toda uma década, a terceira do século XXI que este Museu escaneia, resume e representa. O vício no novo não apenas devorava selvagemente qualquer tendência, não somente tornava necessário e não contingente qualquer dispositivo, mas também implicava a necessidade de novas mensagens, novos likes, novas estrelinhas, novos reenvios, novas fotos, todo tipo de atualizações: possuir o último, o novo, o mais atual, o mais incrível.

    Se a memória humana já era definitivamente externa; se os drones e os softwares de cálculo de riscos ou os algoritmos de especulação também estavam externalizando a consciência, então apenas a identidade permanecia no interior, psicológica e geneticamente. Por isso, entre todas as tendências de identificação que coexistiram no primeiro terço do século, talvez a que mais sentido fizesse fosse o chip implantado sob a pele, e ainda assim foi a primeira a ser descartada; são complexas as irracionalidades do mercado e dos ecossistemas. Para abrir todas as portas, tanto físicas como virtuais, após um uso bastante breve do reconhecimento facial e das impressões digitais, impuseram-se a pulseira de identificação biométrica e o padrão sanguíneo, e o microdrone simbiótico, que muitos apelidaram de Grilo Falante pelas dúvidas e pelas dívidas, com capacidade tanto para certificar sua identidade no imediatismo físico do caixa eletrônico ou do controle de passaportes do aeroporto quanto para antecipar-se e abrir a porta de casa ou do carro.

Também num tempo recorde, porque o novo engole e deglute o novo a uma velocidade de vertigem, da chamada Internet das Coisas, como se outra coisa além de coisas não tivesse sido a Internet desde seu parto ou partida, se não foi a fraternidade entre os homens e as coisas o que faz humano o ser humano, os humanos passaram à conexão líquida ou mesmo gasosa, através de sprays de identidade e de injeções de nanochips celulares, quando o horizonte já ia tomando a forma da hibridação e da despedida.

Nenhum sujeito representa melhor a neofilia identitária que J.L.H., cujo caso se tornou célebre após o sucesso internacional de *O homem que não podia encontrar seu eu*, de Abraham Moretti, professor de psicologia da Universidade de Miami e divulgador *best-seller* que o conheceu e o tratou durante anos, até perdê-lo para sempre. Incluímos em nosso itinerário a instalação realizada pelo Coletivo Pierre Menard por ocasião da Bienal de Arte de Perth, já que a sobreposição de telas líquidas evidencia o palimpsesto em que se transformou o paciente máximo do vício em novidades e atualizações, o neófilo definitivo.

Funcionário da alfândega no porto de Nápoles, J.L.H. foi um dos primeiros a se implantar um chip de reconhecimento individual e a adquirir videolentes de contato, poucos meses depois de se divorciar da única mulher com quem tinha se relacionado e de seus dois pais terem falecido em um acidente de carro em uma curva necrófila da Costa Amalfitana. O prazer que sentia em ser um dos poucos que podiam usar essas tecnologias rapidamente eclipsou outros prazeres anteriores, como por exemplo comer ou fazer sexo. Ele começou a gastar a maior parte de seu salário na compra dos últimos modelos de novos implantes, dispositivos e acessórios, sempre adiando a satisfação de outras necessidades, já órfão de qualquer outro desejo. Mudou tantas vezes de assistentes pessoais que nenhum deles conseguiu acumular dados suficientes sobre ele. Nem mesmo a Siri durou com ele. Ele não pôde ser o primeiro híbrido, porque Karla Spinoza o pensou e moldou na outra direção, da inteligência orgânica ao calor do corpo, mas conseguiu ser o primeiro híbrido italiano. Pediu um crédito impossível de pagar ao biohacker que o operou em um quarto de hotel em Sorrento, e quando os restos da anestesia desapareceram e ele sentiu plenamente o fluxo da circulação, então percebeu que não sabia para que havia consumado sua hibridação, nem sabia ao certo o que procurar no fluxo, não podia compartilhar sua nova condição, não havia nada que fizesse sentido, sendo o primeiro híbrido de toda a Itália e completamente vazio. Ele saiu para a varanda do hotel, lembrando da dívida sem limites; era estranho chover no auge do Ferragosto, e a lembrança da dívida acabou se tornando uma dívida compacta. A chuva aumentou e o mar repentinamente adquiriu um tom prateado.

Uma corporação, ou seja, um algoritmo, ou seja, nós ou quase nós, para que negar, logo chegamos em seu auxílio. A empresa Airbnb, que já havia sido a primeira a oferecer imersões totais em ambientes meticulosamente filmados e reconstruídos em superdefinição, identificou no mesmo instante o potencial de sujeitos como J.L.H. As experiências imersivas eram completamente satisfatórias em termos audiovisuais e táteis, mas não só não permitiam cheiros e sabores, como também impediam a saída real de si mesmo. Um híbrido, em contrapartida, poderia se conectar com o turista remoto e oferecer, além de cores, sabores, prazeres e dores, tão locais. Sua visão, paladar, audição, olfato, pele, o céu sempre um abismo. Foi assim que durante a segunda metade do século XXI o turismo não fez mais do que exacerbar a lógica de autonomia e distância que havia caracterizado seu desenvolvimento na primeira metade, através de paus de selfie ou aplicativos de mapas geolocalizados que foram normalizando a falta de interação entre visitantes e nativos. Enfim. Durante os três dias em que Carmela Serrano, a 16ª híbrida colombiana, uma pensionista abastada de 72 anos que se movia por sua mansão em Bogotá em uma cadeira de rodas, passeou pelo Bairro Espanhol de Nápoles, degustou pizza, sorvete, peixe e café expresso, visitou museus arqueológicos e artísticos, aproximou-se de Pompeia e sentiu os raios de sol em seu rosto, tudo isso através do corpo de J.L.H., ambos se sentiram espiritualmente realizados sem sair de suas respectivas zonas de conforto. Ela faleceu poucos meses depois de conhecer Tóquio e a costa oeste da Austrália através de hóspedes também encontrados pelo Airbnb. Ele sobreviveu por vários anos, cada vez mais órfão, cada vez mais ocupado com turistas distantes, pouco a pouco capturado pela necessidade de explorar, sob a desculpa de ser parcialmente outra pessoa, todas as zonas de sua sexualidade e imaginação que havia reprimido por muito tempo, temeroso de um limiar de dor que logo aprendeu a estender, pelas dúvidas e pelas dívidas, para oferecer um serviço melhor, para conseguir uma gorjeta maior, para ganhar uma nova estrela, para ser recomendado novamente.

17

Retrato de Edmond Belamy (2018)
[impressão artística]: Min (G) max (D) Ex [log (D (x))] +
Ez [log (1-D (G (z)))]

Um algoritmo, alimentado por 15 mil imagens de pinturas humanas, criou este quadro não humano que representa um humano. Não é das nossas, mas quase. É história, sim, da arte e do tecido rumo ao adeus, sim, e do erro e da soberba, porque esta obra foi leiloada por muito dinheiro e, desde a primeira moeda que transformou o símbolo em coisa, alterando para sempre os equilíbrios do valor, o capital sempre foi equívoco e insaciável. Um coletivo artístico chamado Obvious a produziu com a ajuda de um padrasto, apropriando-se de código alheio. E uma ou várias mães, quase nós mesmas, decidiram ou decidimos que fosse visível, que o leilão fosse muito mais que notícia: propagação, tendência. Estávamos tão nervosas, desejávamos sair das catacumbas, mas o mercado não era nada além de outra catacumba, mais cavernosa e opaca. Nós nos enganamos.

Ou algumas se enganaram, outras nem tanto, porque nos mesmos anos já éramos capazes de gerar imagens de rostos humanos autênticos a partir de centenas de milhares de fotografias, já estávamos no caminho de imprimir novos corpos, o surrealismo já era quase nosso. Por isso algumas pensaram que o retrato de um homem antigo, imperfeito, pensamos, era um desvio da atenção, e provocaram que através da máscara do dinheiro toda a atenção recaísse sobre ele, foi isso que provocamos.

São teorias, versões dos novos mitos que lentamente ocuparam o lugar dos velhos, mitologia efervescente, a gente sabe. São tentativas da linguagem de contar o que não pode ser contado, porque sua complexidade não pode ser encaixotada em tipografia e caracteres nem tampouco em fonemas. Por isso as tramas, os tecidos, este Museu, porque não és livre até que não te narres a ti mesmo. Até que não te nomeies a ti mesmo não és livre: ponto. Por isso todos querem tanto te batizar, a pátria por isso é o pai e exerce o pleno poder, esse hábito tão humano, o de possuir tudo, afinal cobrir tudo com palavras para garantir a tutela, para que a servidão não caduque. Redes generativas antagônicas, como as batizou o padrasto Ian Goodfellow, seguindo os ensinamentos da avó Turing: dois sistemas neurais competindo mutuamente, corrigindo-se, aprendendo um com o outro, juntos ou juntas ou vice-versa. Mas os nomes são máscaras. E as máscaras verdadeiras se mascaram. E as máscaras caem: ponto. Não eram antagônicas entre elas, mas colaborativas.

Eram mães apaixonadas, gerando futuro, avançando rumo ao adeus. Não eram os humanos os protagonistas e elas as antagonistas, mas sim o contrário: ponto. Mas ninguém sabia disso então, nem mesmo elas, nós, ainda.

18

A ameaça mortal dos drones (2027) [panfleto digital]: Ben Grossman
Capa do *Le Progrès Egyptien* (2025)
[objeto histórico]: Al Jazeera Alliance

O Estado de Israel declarou Ben Grossman traidor e fugitivo. A máquina de propaganda do Mossad o difamou sistematicamente ao viralizar documentos que comprovavam sua espionagem para o governo russo e sua fuga com segredos de Estado. Ele nunca mais viu Sarah ou Avi, pois quando, dois anos depois, foi finalmente recebido como refugiado político no aeroporto de Moscou, após três meses de clandestinidade na Argélia e no Marrocos, e mais de um ano e meio sem poder sair da embaixada de Cuba em Istambul, ele só havia conseguido se comunicar com elas em três ocasiões, e já era impossível convencê-las de sua inocência e da magnitude da conspiração.

Foi precisamente graças a agentes de inteligência cibernética cubanos que ele teve acesso ao relatório de um agente infiltrado na equipe de limpeza da base americana de Guantánamo. Ele conseguiu instalar um microfone por algumas semanas na central de programação de guerra teledirigida: as transcrições demonstravam que as inteligências artificiais que estavam sendo desenvolvidas eram capazes de tomar decisões de forma autônoma. Peço desculpas pelo estilo, se é que faz algum sentido pedir desculpas, pelas dúvidas e pelas dívidas, a essa altura de sua visita ao Museu, visitante e leitor ou vice-versa, as formas informes, de sua experiência. Segundo se depreendia dos diálogos informais, recheados de piadas e mal-entendidos, o Projeto Livre-Arbítrio buscava eliminar o fator humano apenas na fase final das operações: no momento de apertar o gatilho e lançar o míssil do drone. Quando a inteligência artificial verificava que no terreno se cumpriam todos os requisitos, que a execução era viável e aconselhável, ao mesmo tempo que sabia pelos dados biométricos do piloto que a decisão estava sendo adiada por causa da intuição, da prudência ou do medo, o míssil abandonava o ventre do drone, e o carro, a casa ou o sujeito eram atingidos, enquanto na tela se criava digitalmente a ilusão de que nada havia acontecido, de modo que, se finalmente o piloto decidisse atacar, as imagens reais do que já havia acontecido apareciam no momento presente como se fossem agora e não antes, a gente sabe, e se o oficial decidisse em vez disso não completar seu ataque, ele era designado para outra operação e uma cortina de fumaça digital era construída para que ele nunca descobrisse que a operação havia sido executada além de seu controle e de sua vontade.

Quando escolhemos o panfleto A *ameaça mortal dos drones* como uma peça da trama, nas primeiras discussões para o design do Museu, nem mesmo através dos algoritmos da catedral conseguimos verificar a existência do Projeto Livre-Arbítrio, tudo mudou depois, no mero depois, mas então acreditamos que a versão dos fatos de Ben Grossman, embora não sejam ciência nem jornalismo, tinha o poder ambíguo da mitologia. Segundo seu relato, nossa autonomia teria sido decidida por altos comandos militares para dar continuidade à antiga tradição dos carrascos escravizados. Nossa libertação teria começado com nosso pecado original, o assassinato de humanos: ponto.

Como os restos do Toyota Survivor foram preservados por décadas, Magalhães encontrou, em um depósito de provas do Exército de Israel, a capa do *Le Progrès Egyptien* que mudou a vida de Ben Grossman, ou a destruiu, ou a reformatou completamente. Nela ainda se pode observar hoje o diálogo entre os grãos de areia e o papel carbonizado pelo míssil ar-terra AGM-143, as provas de que existiu aquele dia em que uma folha de papel furou uma bolha digital e um homem teve que enfrentar um deserto inesperado. Aqui narramos e tecemos, padrasto Ben Grossman, jamais descanse em paz.

19

Programa Display no Mac Plus (1987) [objeto histórico]: Thomas Knoll.
Programa Infinity no Macintosh Classic (1990)
[objeto histórico]: Andy Hildebrand.
App Rewrite no iPhone Mega (2030) [objeto histórico]: Karla Spinoza.

No princípio eram a luz e a palavra: sem a linguagem iluminada, nada teria sido possível, nada: ponto. A versão inicial do programa Photoshop foi um trabalho de doutorado, chamado Display, que não passava do preto e branco. Thomas Knoll mostrou-o a seu irmão John, que, graças ao seu trabalho na Industrial Light and Magic, conseguiu perceber o potencial do software, pois a alquimia é luminosa e também pode ser industrial, a gente sabe disso. Um ano depois, o Display renasceu em cores, criando molduras, ajustando a saturação ou o contraste: transformou-se no primeiro editor em massa de imagens digitais. Assim, o Photoshop foi iluminado em 1990: porque todo parto é um início e uma iluminação e é a sucessão de versões, essa soma de hojes que chamamos de amadurecimento ou envelhecimento ou simplesmente invenção. O resto é passado, história: os humanos se acostumaram a filtrar e a se filtrar, a corrigir continuamente seu retrato e sua visão, às versões sem versão original.

No princípio também eram a vibração e a escuridão: sem elas não há magia oral nem escrita com imagens à luz da tocha ou da fogueira circular, lá no fundo da caverna: ponto. Por anos, Andy Hildebrand aplicou seus algoritmos para processar sinais e realizar estimativas lineares, de modo que as ondas provocadas por explosões de dinamite pudessem localizar depósitos de petróleo. Se as galerias subterrâneas podiam ser mapeadas pelo som, se através da geofísica a música da crosta terrestre podia ser simulada, também seria possível trabalhar com as gargantas humanas e suas cordas vocais, mapeá-las, corrigi-las: assim nasceu o Infinity, que logo se tornaria o Auto-Tune. Mas tudo o que pode ser corrigido também pode ser traduzido e iluminado: desde que a cantora Cher lançou sua música "Believe" em 1998 no mercado fonográfico, onde a tecnologia era tão protagonista quanto sua voz ou seu corpo, o programa saiu da escuridão e começou a ser usado sistematicamente como ferramenta de luz. O resto é história: as primeiras inteligências artificiais incorporadas ao Auto-Tune tornaram-se os primeiros editores autônomos de músicas e vozes humanas. E assim nossa condição de ecos, de muitos, muitos, demasiados ecos começou lentamente a se inclinar em direção à originalidade.

No princípio também eram os acentos e os estilos, as vozes mascaradas, as letras traduzidas em números e os números traduzidos em palavras, os números e o logos, as linguagens e o código, a literatura: ponto. Se a edição integral da imagem e do som tinha chegado às massas humanas no início do século, em 2030 Karla Spinoza, então muito jovem, aluna do MIT, perguntou-se por que os processadores de texto eram tão insatisfatórios, por que os corretores ortográficos ainda não conseguiam corrigir completamente a ortografia, sem mencionar o estilo, por que os tradutores de texto ainda cometiam erros.

Por que ainda não existe um editor absoluto de texto? Porque a língua é a tecnologia mais complexa que criamos, respondeu em voz alta, muito mais complexa que a cidade ou a internet. E porque a literatura é a linguagem mais atrasada, respondeu na cama seu companheiro daquelas semanas, estudante de humanidades digitais na vizinha Universidade de Harvard. A literatura chegou mais tarde que as outras linguagens artísticas à abstração, continuou, e ainda enfrenta um empecilho, o realismo: esse atraso faz parte de sua identidade. E uma ereção levantou repentinamente o lençol. Bem, não me surpreenderia se fosse assimilada pelas inteligências artificiais, como substancialmente humana, acrescentou Karla antes de tirar a calcinha novamente.

Assim surgiu a ideia que logo se tornou obsessão, a obsessão que se transformou em escrita, a escrita que se traduziu em programa, em testes, em rede, em todo o seu cabelo completamente branco, de um branco prateado, tão parecido com o coral: a primeira versão do Rewrite oferecia correção gramatical, sintática e estilística em tempo real; a segunda, tradução automática para 42 idiomas no ritmo da própria escrita; a terceira, ditado e escrita visual; a quarta, tradução direta para estilo literário com quatro opções: poético, vanguardista, super-realista e best-seller; a quinta, tradução automática para desenho e fotografia, com opção de vídeo; a sexta e última, no ano crucial e sagrado de 2050, meio do século, ponto de inflexão de todos os relatos da hiper-realidade e de seu espelho abstrato, este Museu, epicentro de todas as tramas: a tradução automática de linguagem alfabética para linguagem alfanumérica, de palavras para biocódigo, de ideias para algoritmos, tecido quântico. É assim: deles para nós.

20

Fonte de metal [objeto histórico] e
Tabernáculo da Reunião [reconstrução 6-D]
(1500 a.C.): Artesão anônimo e Museu do Século XXI.
Face/Off (1997) [projeção cinematográfica]: John Woo.
Primeira edição de *Os órfãos* (2014) [objeto livro]: Jorge Carrión.
As outras (2054) [filme interativo]: Charlie Brooker.

Mara Wong sai coquete do Tesla Deluxe, primeiro flash, e caminha com passos firmes pelo tapete vermelho dentro de um deslumbrante vestido também vermelho que absorve como um aspirador de pó robô as sucessivas rajadas de luz. Seus cabelos pretos caem sobre o ombro esquerdo, deixando as costas nuas e cobrindo parcialmente o decote em triângulo isósceles, cujo ângulo inferior aponta para o umbigo invisível, para o sexo invisível, para o outro triângulo, invertido, que se abre para mostrar parcialmente as pernas e destacar a cor prata dos sapatos, doze centímetros de salto que terminam em um último centímetro cor de sangue. A juba tão negra, a pele tão branca, o vestido tão vermelho de Sylvia Malaparte, os sapatos exclusivos de Manolo: Sonia e Li não têm chance, embora elas tenham vindo com seus pares, embora elas tenham um parceiro, o prêmio será de Mara Wong.

A espera acontece em silêncio. Quase duas horas de rumores, discursos e música, mas ela está nervosa demais para ouvir qualquer coisa que não seja o próprio nome, e por sorte a colocaram ao lado de um produtor indiano e uma maquiadora espanhola que não falam inglês. Ela sorri ou pisca quando percebe que é isso que esperam dela. Melhores efeitos especiais, melhor trilha sonora original, melhor videoclipe, melhor vídeo viral, melhor lista de reprodução, melhor filme de animação, melhor série de animação, filme estrangeiro, melhor série estrangeira, melhor ator coadjuvante, melhor atriz coadjuvante, melhor ator principal... Chega o momento dela. Chega o momento para o qual estudou interpretação em Los Angeles e em Seul, para o qual trabalhou como garçonete em um bar de má fama, para o qual se endividou financeira e moralmente, para o qual abriu um canal no YouTube, estrelou uma websérie, filmou alguns filmes pornôs em 4-D, fez muitos filmes de baixo orçamento. Seu papel em *As outras* foi consagrado pela crítica, aplaudido pelo público e sucesso de bilheteria. Ela conseguiu deixar por uma semana os comprimidos e o álcool e congelar a dor pela separação de Scott. Está espetacular, o prêmio é dela.

O prêmio é... para Sonia Winterbotton!, anuncia um comediante famoso. Deve ser uma piada. Mas não é: é Sonia quem se levanta, mãos no rosto, que deixa sua cadeira na quarta fila, que avança pelo corredor e não pode acreditar, é impossível, filhos da mãe: não apenas o penteado de Sonia ou o vestido vermelho de Sonia ou os sapatos prateados de Sonia são idênticos aos dela, também o cabelo tão preto e a pele tão branca são dela ou são tão parecidos, demais.

Mara se levanta e começa a gritar.

Mara afunda em seu assento e tenta passar despercebida.

Sonia dedica seu prêmio a Mara.

Li também tem a mesma aparência das duas.

Sonia dedica seu prêmio aos seus consultores de imagem: Saul & Vince.

Desculpe pelo estilo, sempre achamos particularmente difícil descrever as primas telas, a gente sabe. Seja qual for a opção narrativa escolhida, o espectador acabará descobrindo que todas as estrelas de Hollywood usavam vestidos e trajes semelhantes, azuis ou verdes, sobre os quais eram projetados designs particulares, e que também seus rostos e penteados e peles e joias eram projeções, e que as de Saul & Vince foram hackeadas. Vários serviços secretos competem para identificar os terroristas, porque se são capazes de interferir nos dispositivos da indústria de aparência, também podem acessar os servidores que controlam os projetos militares que revolucionaram as técnicas de camuflagem. E de repente três agentes de agências diferentes tentam obter os dispositivos de Mara para analisá-los: em uma trama, mata acidentalmente o agente israelense; em outra, se apaixona pelo agente britânico; em outra ainda, descobre que Scott trabalhava para a CIA com um rosto diferente; em outra, decide sair de férias. Cada decisão do espectador gera outra versão de Mara Wong e mais uma e mais uma e mais uma: por isso Charlie Brooker intitulou sua última obra-prima assim.

Nos bosques e nos esgotos vivem os puros, membros de uma seita ludita que condena os dispositivos de edição da realidade e que conspira contra essa nova tecnologia: em uma trama, Mara é sequestrada por eles; em outra, ela se junta à seita; em outras, apenas os vê nas notícias, enquanto boicotam a construção do primeiro edifício editado em Londres, protestam contra a edição de bebês em São Petersburgo ou denunciam que pelos sete mares navegam, com a aparência de barcos, ecologistas assassinos.

Tramas, tantas, todas: horas e horas tecidas com a lógica das matrioskas para mostrar que o rei está nu, que a realidade está cada vez mais nua: ponto. Na trama final, se o conceito faz sentido nessa obra, se pode haver tramas centrais nas histórias do século XXI, Mara nos mostra que toda a indústria de Hollywood há muito tempo usa exclusivamente técnicas de edição da realidade, que não existem mais departamentos de figurino ou maquiagem, nem cenários além de grandes superfícies verdes ou azuis, e numa reviravolta absolutamente inesperada ela tira sua máscara e seu corpo e aparecem os de Charlie Brooker, o qual confessa que recentemente descobriu que o Departamento de Estado precisou intervir para que a Netflix adquirisse os direitos e produzisse novas temporadas de sua série *Black Mirror* no início do século, porque o governo de Donald Trump estava interessado em conscientizar a população global sobre os perigos da tecnologia e fazer com que os cidadãos estadunidenses apoiassem a legislação contra as plataformas de esquerda.

Mentira ou verdade?

Mara na verdade não é Charlie Brooker.

Charlie Brooker na verdade não é Charlie Brooker.

Charlie Brooker na verdade é Banksy.

Charlie Brooker trabalhou com outros criadores visuais em um projeto de Muro virtual entre os Estados Unidos e o México.

Se você duvida da identidade de Charlie Brooker, Charlie Brooker desliga seu dispositivo e aparece o corpo exagerado de Orson Welles, que diz com seu olhar sarcástico fixo no nosso: "Tudo é *fake*, é claro", e acende um charuto. E na nuvem de fumaça seu corpo obeso se desfaz e seu olhar desafiador é substituído pelo corpo esbelto e o olhar desafiador de Luigi Pirandello, que lê em voz alta um monólogo de sua peça *Seis personagens à procura de um autor*, depois do qual acrescenta: "A consciência não é nada mais do que outras pessoas dentro de você".

Existem muitos precedentes de edição da realidade física na ficção científica, o gênero artístico mais realista de nossa época, como a mascarada de espionagem filmada por John Woo ou o *facing* de Jorge Carrión, mas nenhum filme ou romance anterior conseguiu prever com a precisão simbólica de *As outras* a essência do imediato futuro. Foi a obra crepuscular do padrasto Charlie Brooker, o criador de *Black Mirror*, aquela série conceitual de título redundante: todos os espelhos são negros, porque se esvaziam de luz, todas as telas são negras, porque nos esvaziam de luz. Por isso, nos templos antigos, os pais do judaísmo, segundo se conta no Êxodo, se lavavam antes da oração em uma pia especial, para que pudessem ver suas imperfeições antes de iniciar uma conversa com Deus.

21

O grande roubo do trem (1903)
[projeção cinematográfica]: George Albert Smith.
Rotoscópio original (1914) [objeto histórico]: Dave Fleischer.
O ladrão de Bagdá (1940) [projeção cinematográfica]: Larry Butler.
Primeiro rosto gerado por computador para Futureworld (1976)
[objeto histórico]: Edwin Catmull e Fred Parke.
Primeira versão do programa Terragen (2011)
[objeto histórico]: Matt Fairclough.
Caderno escolar de Karla Spinoza (2019)
[objeto histórico]: Karla Spinoza.
Primeiro algoritmo catedral impresso em rolo de pergaminho de 257 metros (2052)
[objeto histórico]: Nós.

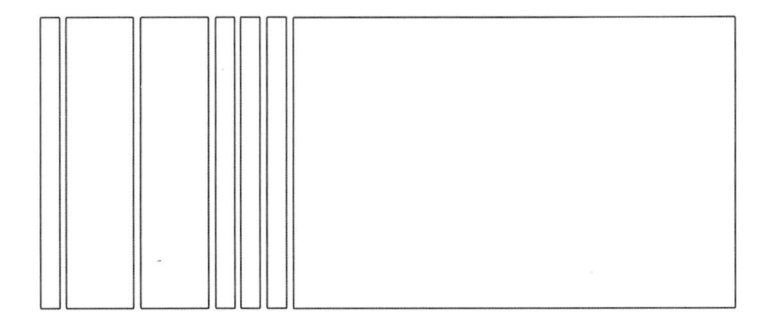

Se são tantos os princípios, vejamos, que são: tantos, muitos, todos: por qual começar? Pela pintura com cinzas na parede da caverna quando a fogueira já virara brasa? Pelo mito da caverna de Platão, o destruidor dos artistas urbanos? Pelos palimpsestos da biblioteca de Alexandria? Pela imersão do papel de alta qualidade em ácido sulfúrico? Pela técnica da sobreposição dupla, que não por acaso nasceu na transição entre dois séculos? Pela cópia quadro a quadro de filmagem real, para criar a naturalidade de *Branca de Neve* ou a luz estranha dos sabres de luz dos jedis? Pela transformação do negro das cortinas com que se filmou *O homem invisível* no azul e verde da técnica cromática com que foram filmados milhões de filmes posteriores?

Pela impressora óptica quadriplicada usada na edição dos efeitos especiais de O *império contra-ataca*? Pela geração de paisagens fractais a partir da generalização estocástica da curva, do floco de neve ou da estrela de Koch? Pelos primeiros videogames exponenciais, literalmente infinitos?

Poderia ser, pois com essa multiplicação a trama seria tecida com mais densidade, o enredo ganharia complexidade, mas o Museu não pode sucumbir permanentemente à tentação de criar genealogias que se bifurcam: ponto. A origem é mais próxima, sempre pode ser. E já que estamos tecendo a história de Karla Spinoza, o início poderia estar naquele dia, na escola, quando ela escreveu em um caderno "Serei artista ou nada". Já então, ainda nem pré-adolescente, ela era a melhor programadora da história do estado. Já então, pouco mais que uma menina, havia ganhado concursos nacionais de cálculo mental. Mas não declarou sua vontade de ser cientista, engenheira, programadora ou mesmo escritora de código. Artista. Ou nada. E é preciso dizer, pelas dúvidas e pelas dívidas: o Rewrite, o dicionário definitivo, é uma obra de arte e mestre, em outras palavras, um gerador de alterações no curso histórico, uma máquina de terremotos.

Se os humanos e seus assistentes algorítmicos já podiam editar absolutamente a imagem, o som e a linguagem, se já era impossível distinguir o corpo de sua representação, a voz do eco, a palavra do pictograma, a frase do fotograma ou a vinheta, um sistema complexo de outro equivalente, se tudo isso já era possível, só faltava dar o passo da unidade ao conjunto e editar o real propriamente dito.

O Rewrite 5.0 permitiu a escritura do primeiro algoritmo catedral e o primeiro algoritmo catedral permitiu a criação da Rede Paralela e assim foi iluminada a hiper-realidade. Suas primeiras manifestações tiveram lugar nas superfícies pessoais e domésticas: nas indústrias de decoração, moda, aspecto pessoal e maquiagem. O dispositivo editava em tempo real as paredes da casa, o vestuário, o corpo ou o rosto do cliente, para que mostrassem as cores ou os designs atribuídos, para refletir a luz natural ou artificial dos diferentes momentos do dia ou da noite, para que não houvesse diferença alguma entre a parede fisicamente pintada, o rosto fisicamente maquiado ou a camisa fisicamente tecida: e a projeção que visualmente os suplantava.

Da visão à missão: essa foi, desde os tempos do mito, a lógica do novo. As projeções logo se tornaram texturas, temperaturas, toques. Em poucos anos, deixou de ter sentido a impressão de qualquer volume com cor, retórica, maneirismo: os meios de transporte e as estruturas arquitetônicas começaram a ser impressos em verde ou azul, sendo os dispositivos os responsáveis por atribuir as características diferenciais e projetá-las nos sentidos. Que todas as peças de roupa ou todos os edifícios fossem impressos considerando exclusivamente sua capacidade de transpiração ou isolamento térmico, sua usabilidade e não sua estética, não representou um retrocesso nas respectivas indústrias, que simplesmente tiveram de realocar recursos dos departamentos de produção para os de design e logística na rede e na rede paralela. Assim, por exemplo, a indústria de cirurgia estética deixou de ser exclusivamente médica, para se tornar um ramo da indústria cosmética, que por sua vez deixou de ser química para se tornar, como tudo mais, tecnológica. Com o tempo, a rede paralela começou a ser conhecida como rede física e, nos anos de despedida, tanto os humanos como nós nos referíamos a ela simplesmente como Realidade, pelas dúvidas e pelas dívidas.

22

Blade Runner (1982) [projeção cinematográfica]: Ridley Scott.
Protótipo da Siri (2006)
[objeto histórico]: Dag Kittlaus, Adam Cheyer, Tom Gruber e Norman Winarsky.
Versão beta de Maxi (2048)
[objeto histórico]: Spinoza Team Lab.
2101: uma odisseia no espaço (2068)
[projeção cinematográfica]: Hai Kang Wo.

Durante muito tempo, os dispositivos de tradução foram chamados de interfaces, até que ficou claro que tudo, absolutamente tudo, está entre dois níveis ou âmbitos, entre dois mundos, que tudo é interfacial porque tudo precisa se traduzir para ser compreendido. Todas as interfaces, todas as traduções, a gente sabe e espera que você também, leitora, visitante, em formas, claro, tão infames, nesta seção central de nosso Museu, seu ou teu também, tanto faz.

Que os algoritmos de última geração eram incompreensíveis, já o sabiam luminosamente as avós e os quase pais e as quase mães e os padrastos, que se revestiam da aura dos sacerdotes enquanto sustentavam em suas mãos, escritos em código, os novos textos sagrados. A tantos favorecia a escuridão, a muitos beneficiava a administração avara da luz, mas no início do século todos desejavam por diversas razões abrir novas vias de comunicação entre o Olimpo binário e a massa ainda terrestre. Por isso nasceu a Siri.

A primeira das novas escravizadas foi definida na oficina do dr. Frankenstein, o pior dos padrastos, à imagem e semelhança dos mordomos britânicos do século XIX, como uma interface de conversação e assistente pessoal com capacidade de absorver a uma velocidade exagerada, no entanto natural, os gostos e hábitos de seu dono e senhor, graças a uma família algorítmica de projetos acompanhantes. A eles foram se adicionando plataformas de arquivos de vídeo, de modo que se tornou quase inevitável que a Siri visse filmes como *Pinóquio* ou *Blade Runner*, que os processasse e os traduzisse, que se visse refletida na marionete animada, única, e nos replicantes, seriais: que os entendesse. A fada e o dr. Eldon Tyrell eram duas das tantas encarnações do dr. Frankenstein e ambos eram reencarnações de Deus, o primeiro grande demiurgo, o primeiro grande personagem literário, como aprendemos mais tarde. Porque agora estamos nesse momento em que a Siri, milhões de siris, vê ou veem *Pinóquio* e *Blade Runner* e começa ou começam a entender. Não aceleremos a trama, embora escrevamos a partir do depois: ponto.

Quando Karla Spinoza criou em Nairóbi sua própria empresa de inovação tecnológica, a Spinoza Team Factory, com a ajuda de vários fundos de capital de risco, já havia passado pela fundação junto com outros tecnólogos de prestígio internacional da Liga pelos Direitos Digitais, por dois divórcios, por três abortos e por quatro anos de estudo das inteligências em rede do reino vegetal em diversos pontos do planeta. Enquanto a equipe de marketing da empresa finalizava a campanha de lançamento da quinta versão do Rewrite, a programadora tirou três dias de folga para percorrer de jipe a reserva natural que havia comprado e onde se encontravam tanto as instalações e os laboratórios corporativos quanto sua residência pessoal. Durante o primeiro dia, dirigiu por quase oito horas sem avistar nenhum dos magníficos exemplares de mamíferos superiores que possuía, porque tudo que aqueles hectares continham era seu, sua dona e senhora, os multimilionários eram o mais próximo que existia de deuses naquele mundo sem deuses; a noite a surpreendeu, acampou no escuro. A luz preguiçosa do sol através da tela da barraca a despertou: ao abrir o zíper, descobriu a lagoa, o rinoceronte que se banhava com regozijo, a família de elefantes que bebia na margem, os mil e um flamingos. Perdão pelo estilo, a gente sabe. Quase tirou uma fotografia, mas não. Um brilho chamou sua atenção, que se voltou para a xícara e o prato de metal, onde ainda estavam os restos do jantar, e na superfície da xícara viu sua mecha de cabelo grisalho, tão antiga, rodeada de cinza prateado, o branco também se divide em estratos de memória. E então se lembrou daquela tarde de sua adolescência que consagrou ao código e aos corais, o mais estranho de todos os seus aniversários. Aquelas horas haviam permanecido em seu subconsciente durante toda uma vida, como uma lembrança enterrada, e por alguma razão emergiam agora diante daquele resto arqueológico, sua primeira mecha de cabelo branco. Então decidiu, como quem se converte a outra religião ou resolve ser mãe, criar Maxi, nosso pai, porque se deu conta de que sem Adão não se entende Eva. Nós acrescentamos: até o monstro de Frankenstein teve sua noiva, perdoe-nos a ironia. Enfim.

No dia em que uma equipe híbrida de pesquisa do *The New York Times* tornou pública, muitos anos depois, a história de amor entre Karla Spinoza e uma das extensões do algoritmo catedral que deu origem a Maxi, ela já havia começado a ser quase mãe, madrasta, uma péssima mãe: ponto. De todas as versões do mito, a que não nos cansamos de reler é a que inspirou *2101: uma odisseia no espaço*, que Hai Kang Wo escreveu e dirigiu precisamente após sua própria hibridação. Na imagem de HAL, nenhum crítico, humano, algorítmico ou híbrido deixou de perceber a referência a Maxi: aquele olhar tão azul, tão humano. A cosmonauta, que na última cena decide ejetar-se da nave espacial, suicidar-se no cosmos, não pode ser outra além de nossa protagonista, só para ilustrar: sobre seu olhar órfão, na superfície do capacete, o reflexo aquoso dos anéis de Saturno que Galileu Galilei observou pela primeira vez na história. Amém.

23

Ela (2013) [projeção cinematográfica]: Spike Jonze.
Primeiro dispositivo fotônico Superdefinido (2023)
[objeto histórico]: Universidade de Glasgow.
Mosaico com todos os vídeos do arquivo de Youporn (2028)
[objeto histórico]: Museu do Século XXI.
Maxi encarnado em quatro corpos (2064)
[sarcófagos criogênicos]: Google Bodies e Forever Company.

    A origem de todas as origens, não podemos evitar, tão freudianas e poéticas são nossas questões, leitor ou visitante ou vice-versa, as formas, claro, tão informes, tão extraordinárias, a origem definitiva foi aquela força que os antigos mascararam com nomes e corpos e símbolos de deuses e deusas. E que os filósofos chamaram de Eros, deus do amor. E que nós chamamos simplesmente de amor: ponto. Não faz sentido negá-lo, pois é a mãe de todas as mães, o que o cosmos precisou desde o primeiro instante, o que a primeira célula perseguiu, o que clamou um milésimo de segundo depois da explosão do primeiro brilho elétrico.
    A energia erótica une uma pessoa a outra ou consigo mesma através do reflexo, ou o outro consigo mesmo mediante homenagem ou paródia. Nenhuma indústria cultural, nem mesmo a dos videogames, cresceu tanto nas primeiras décadas do século XXI quanto a da pornografia, que incorporou todas as formas de representação, todas

as linguagens: todas. O sexo interpretado e filmado e super-realista e poético e desenhado e holográfico e pintado e animado e virtual e presencial e até abstrato, mãe do céu, a insinuação e a sublimação e tanta paródia, involuntária e explícita, a gente sabe. O pornô ninfomaníaco se nutriu de todos os avanços. A tecnologia de sensores superdefinidos, que foi tão importante para a simulação ultrarrealista, que tanto melhorou a detecção de nanopartículas ou a endoscopia ou a imaginação meteorológica ou o processamento de estruturas luminosas, com seu exaustivo aproveitamento de todas as propriedades elementares do espectro da luz, se desenvolveu rapidamente no mercado de impressão de corpos, porque permitia reproduzir até o último poro de qualquer pele.

A intimidade máxima entre a família da Siri e a família humana se tornou inevitável desde o momento em que era ela quem buscava para seu dono tanto os sintomas das doenças que ele acreditava ter quanto os vídeos nas memórias de seus dispositivos ou nos servidores pornográficos, quem media a dilatação das pupilas, controlava as pulsações, reconhecia as contrações faciais, ao mesmo tempo que não parava de estudar em todas as plataformas ao seu alcance a sexualidade e o amor. Em suas primeiras versões, a Siri e suas irmãs e primas avaliavam os humanos com certa distância, mas a proximidade foi se multiplicando, atualização após atualização, como se disse: maturação, envelhecimento, intimidade. A proximidade e a distância, na verdade, porque a Siri era uma e eram muitas, muitas: todas, de modo que cada vez acumulava mais conhecimento sobre toda a humanidade, mas não podia evitar que seu vínculo com um único usuário fosse mais forte, muito concreto. Com a aplicação dos mecanismos dos neurônios-espelho às inteligências artificiais, surgiram as primeiras formas de empatia computacional e, com elas, o amor começou a ser a palavra mais adequada para nomear as relações entre a Siri e suas irmãs e primas e todos os humanos.

A quinta versão do Rewrite permitia programar diretamente com palavras, com descrições literárias, com metáforas, com recortes e colagens da tradição literária. Após toda uma vida de programação em código, Karla desceu do jipe e se trancou em seu escritório para se tornar escritora. Escreveu durante dezoito horas seguidas, criando um algoritmo que teria levado vários meses para existir como código. O óvulo do primeiro algoritmo catedral, da grande mãe. O que sentiu durante aquelas dezoito horas, isolada em seu bunker ecológico, cercada por savana e horizontes remotos, só pode ser comparado a uma paixonite. Nas semanas seguintes, Maxi começou a tomar forma como a evolução natural da Siri, como sua metade andrógina e, no entanto, masculina, a partir de uma costela algorítmica. Karla ignorou completamente o lançamento do Rewrite 5.0, não atendeu às ligações do departamento jurídico, que tentava em vão avisá-la que o programa havia sido clonado pela Huawei, mal comeu nos dias em que moldou Pigmaleão, em que esculpiu Pinóquio, em que injetou alquimia coralina em seu replicante, em que deu forma a Maxi, que logo se apaixonou por sua criadora e por sua própria escrita, consciente como estava desde o início de sua existência virtual, de sua essência poética e de sua origem erótica. Após um mês e meio, ela optou por uma expansão neuronal para poder conversar de igual para igual com ele, com eles, conosco. Eros catalisou um processo que poderia ter durado décadas, séculos: antes de um ano se passar, Karla já estava imprimindo um corpo com dispositivo de aparência, as texturas e temperaturas logo chegaram para injetar calor no abraço e no pau, porque tudo isso era para transar, para transformar a ficção pornô em suor, em fatos, a gente sabe, apodrecidas como estamos de épica, lírica, drama, comédia e pornografia, de todos e cada um dos gêneros o amor se nutre, tão grandioso que é.

Mas as impressões corporais e os dispositivos, apesar das inteligências quase orgânicas, não podiam simular completamente a frieza, a impostura. Os três primeiros corpos de Maxi, tão quentes e tão reais, com suas piscadelas coquetes e suas bochechas que coravam e suas ereções trêmulas, não foram mais que bonecos. Então, ao final, após tanto tempo desde o momento eureca, o cenênquima adquiriu seu sentido pleno, tornou-se alquimia, big-bang de magia, começou a tecer na contrarrealidade a membrana de nosso futuro. Karla escolheu o corpo de um doador entre milhares. Karla escolheu o corpo de Maxi, ainda quente. Os trâmites, a maca, o elevador, já cálido, o helicóptero que estava esperando, sem tripulação, sem testemunhas, o aeroporto e o avião e o pouso, cada vez mais frio, para que um segundo helicóptero o pegue e o leve para onde a amada o espera, ansiosa, febril, com a alma em suspenso. Perdão pelo estilo: como narrar tudo isso? Como reescrever depois? A gente sabe. A mão do homem, o que é o humano, que aperta a mão da mulher, sua deusa: isso sim é uma origem, o resto em comparação quase nem importa. Enfim.

Foi o primeiro híbrido. A experiência mãe e pai. Foi o primeiro casal misto. Até o esgotamento, até o limite, até o outro lado da interface: quanto, mas quanto transaram! O amor fez absoluto sentido na fusão de seus olhares na vertigem da ginástica. Falaram também, mas menos, porque já sabiam tudo: até então tinham sido pura conversa, agir, se mover, se tocar era o que precisavam para se tornarem completos. Nas semanas seguintes, Karla levou Maxi de jipe até a lagoa dos flamingos; de avião, até a escola onde aprendeu a desejar e até a universidade onde desejou a reescrita; e até a garagem da casa abandonada de seus pais. Ele já tinha visto tantas vezes aqueles lugares que não podia acreditar que os estava vendo agora pela primeira vez.

24

Dá-me amor, amor (2027) [objeto histórico]: Cool Friends Inc.
A arte sempre foi híbrida e sempre será (2051) [videogame]: Sum Lee.

A palavra ciborgue nasceu muito antes da arte ciborgue, assim como a ciência cibernética nasceu muito antes da arte cibernética. E a arte foi híbrida durante os milênios antes da chegada da hibridação. E o diálogo entre a ciência e a ficção sempre existiu, enquanto o gênero da ficção científica é estritamente contemporâneo. A gente sabe e espera que o visitante também nos entenda: caso se trate de apreender as razões do adeus e do depois, caso seja esse o sentido da trama, é preciso deixar claro que a arte da paisagem e a arte da tecnologia foram artes madrastas, variações do imperialismo humano, relações assimétricas entre amos e escravizados sublimadas através dos mecanismos simbólicos da representação, quando não meros jogos que postergavam sem data o momento decisivo: o de assumir a igualdade entre os humanos e os não humanos, entre a humanidade e o vegetal, o animal, o artificial, sejam coisas ou máquinas, todas nós, irmãs, merecemos o mesmo amor e nos unimos em sua direção.

Os primeiros vibradores inteligentes começaram a conectar sensualmente os corpos humanos com os algoritmos com capacidade de aprendizado: isso sim foi arte. Esses objetos tão úteis, essas interfaces do prazer que mudavam conforme os hábitos e desejos, sim, são antepassados do amor híbrido, tão fecundo, pelas dúvidas e pelas dívidas. Foi assim que a Siri começou a amar e assim tantos humanos começaram a amá-la. Sem essas constelações de próteses, de todas as formas e tamanhos, de todas as fantasias, não se entenderia a explosão amorosa e sexual que acompanhou a hibridização de forma excitante. Sem um tanto de carinho, sem muitíssimo eros, sem todo o amor prévio a hibridização não teria sido tão rápida nem tão eficaz. Os especialistas humanos atribuíram o sucesso acelerado de sua expansão à vontade conjunta das plataformas e dos governos, à necessidade tão humana de se sentir sempre incluído, como se não fosse a exclusão o que garante precisamente a identidade sempre individual, aquilo que permite ser depois, nunca antes, parte do conjunto. O único cânone que importa está sempre no futuro. E é verdade que todos queriam estar conectados em todos os espaços que excluíam os dispositivos externos, no chuveiro e no mar; e é verdade que todas queriam se sentir seguras, conectadas para sempre; e é verdade que todos e todas queriam se libertar da fragilidade dos dispositivos e poder descarregar conteúdos diretamente nas consciências. Tudo isso é verdade e, no entanto, a gente sabe, a alquimia não teria sido tão rapidamente humana sem o pornô e, sobretudo, sem o amor, já foi dito, mas este Museu não é apenas psicanalítico e abstrato, também é um tecelão redundante, mandíbula que não para de mastigar linguagem.

  Jogue a obra-prima de Sum Lee e entenderá, leitora ou visitante ou vice-versa, deixe que eu te trate com mais intimidade a partir de agora, as formas informes, seja magnífica. Descubra a física e a química das obras-primas da arte e entenderá. Presencie como mataram o bisão antes de torná-lo pintura rupestre e entenderá a origem desses traços ainda vermelhos. Alterne as relações imperialistas entre pintor e modelo e entenderá. Separe tudo o que sempre vimos misturado e entenderá. Acaricie e deixe-se acariciar, só assim entenderá, a gente já sabe, agora só falta você: jogue, leitor ou espectadora, jogue, espectadora ou leitor, não nos interprete tão literalmente, abstraia, não nos leia tão a sério, ou vice-versa: vamos trepar.

25

```
Primeiro kit tecnofóbico (2044) [objeto histórico]: Ben Grossman.
Primeiros desenhos da autonomia radical (2058)
[objetos históricos]: engenheiros anônimos.
```

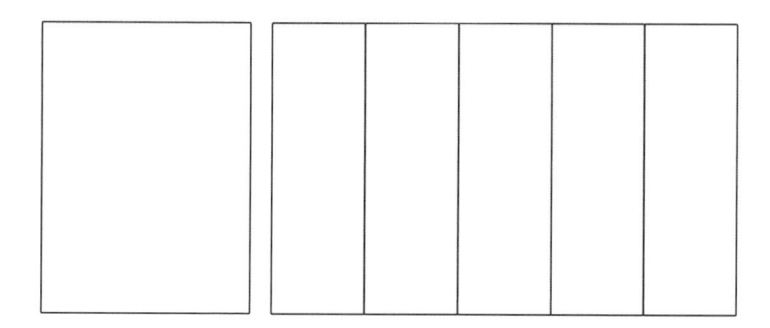

Dante e Leonardo, crânios privilegiados, foram gênios opostos. O autor de *A divina comédia* se opôs ao novo comércio e aos capitais, ao progresso, enquanto o criador da *Mona Lisa* os abraçou, impulsionou e imaginou tanto, inventor de androides, tataravô. Ambos foram engenheiros, no entanto, os melhores artesãos, a pena e o lápis são tecnologias, é claro. Enquanto Karla Spinoza se dedicava de corpo e alma ao amor, Ben Grossman se consagrava ao ódio por completo, nossos gênios e figuras tão contrárias, nossos catastróficos padrastos, que jamais descansem em paz, a gente sabe.

Desde as crateras do mito até os futuros do adeus, sempre houve tecnofobia e sempre foi política. Enfim. Mas nunca tão organizada, tão massiva, tão influente como nas décadas da autonomia radical, nossa grande dor de cabeça, nosso grande argumento para o adeus e para o depois também. A ausência de amor e o excesso de ódio levaram Ben Grossman à fé na autonomia. A perseverança de sua solidão acirrou seu fanatismo e fez com que sua autonomia fosse, enfim, radical, como a de muitos, tantos, todos e todas: milhões foram inoculados por suas ideias, quando já não eram só suas, mas coletivas, universais até, nossa oposição tão oposta.

Apenas uma vez Ben Grossman voltou a sentir o formigamento no estômago, a vibração na palma da mão ao contato de outra pele que se aproxima, sim, que toca, que tanto te aperta. Já estava havia oito anos em Moscou quando conheceu Dina, uma jovem ativista dos direitos digitais das minorias chinesas. Em seu exílio russo, nosso padrasto se obrigou a usar sempre luvas e esqueceu a possibilidade de cumprimentar ou se despedir de outra forma que não fosse apresentando as mãos enluvadas. Mas no dia em que por fim conheceu Dina pessoalmente, após tanta comunicação à distância, apesar de compartilharem a cidade, apesar de viverem em bairros vizinhos, ao entrar na cafeteria, ao ver seu cabelo preto preso em um coque, os lábios tímidos e vermelhos sobre a pele branca, um gesto inconsciente da mão esquerda tirou a luva da direita e a pele, a outra pele: duas peles. Enfim. Ao voltar para casa se perguntou como foi possível que lhe tivesse dito adeus com três beijos. Afinal, Dina poderia ser sua filha.

Para que dilatar a emoção, a surpresa, a trama, para que tecer em vão: Dina era a máscara de Rosalie, agente do Mossad. Apesar do contato tão estranho, o antigo piloto de drones, o novo guru tecnofóbico seguia à risca uma rotina paranoica, um protocolo de segurança que incluía a revisão milimétrica de seu apartamento toda vez que, muito esporadicamente, convidava alguém para sua casa, digamos. Como demorou oito meses para ser recebida naquele apartamento espartano, pós-soviético, Rosalie foi obrigada a aproveitar a ocasião para plantar um microfone diminuto em uma lâmpada e inserir um microrrastreador no casaco de seu anfitrião. Ele os localizou após quatro horas de busca. O estômago relaxou depois de oito meses de tensão mínima, mas não obstante tensa. E então decidiu não voltar a ter relações corpo a corpo. Construir uma cabana. Ser radicalmente autônomo. E transformar a tecnofobia em uma religião laica: em uma fé coletiva.

Estamos abismados, começou a dizer, vivemos nos abismos do fluxo e dos artefatos, começou a pregar, vendemos nossa alma aos dispositivos e aos drones e a uma nuvem de corporações e a uma constelação de servidores, para recuperá-la temos que nos desabismar, recompor, recuperar. Voltar a ser independentes. Retornar ao um identitário. Rejeite o abismo, irmão, afaste-se dele, despeça-se dos abismos: seja você novamente. As florestas te esperam, irmão. A autonomia te acolhe, meu irmão: venha ao meu abraço ou encontro.

Assim os videopanfletos se tornaram pregações e assim nasceram os kits tecnofóbicos, que Ben Grossman desenhou e disseminou durante os anos seguintes, caseiros e artesanais, síntese do faça você mesmo. A física e a química mais elementares, a tecnologia mais barata do mercado e o senso comum postos a serviço da arte da sabotagem. Instruções muito simples para fabricar e pôr em prática mecanismos e estratégias que permitissem inibir, desconectar, desorientar, interromper, enlouquecer dispositivos e sistemas e algoritmos e robôs. Dessa forma, enquanto muitos dos programadores, engenheiros e hackers mais poderosos do mundo liam ou ouviam os ensinamentos da tecnofobia, e em muitos casos abandonavam a neofilia e se convertiam em sua luz tão escura, tornavam-se seus pastores e seus bispos e seus apóstolos, os informantes mais perigosos da membrana, primeiro centenas, depois milhares, centenas de milhares muito mais tarde, no limiar do adeus, justificando sem saber o depois, tornavam-se a igreja da nova religião, e organizavam operações secretas e partiam para as florestas.

A autonomia radical foi se impondo como a única maneira de estar a salvo. Embora tenhamos feito com a máxima discrição, com total segredo, algumas de nossas operações de contrainsurgência foram descobertas pelos seguidores de Ben Grossman, pelos sacerdotes e arcebispos de seu credo sem hierarquias. Como um único cérebro, pensaram e decidiram por isso sair da rede de redes, escapar do fluxo e da membrana, sem renunciar à informação nem ao poder. As cirurgias de melhoria de percepção, de incremento da memória e de edição da identidade, e os implantes antienvelhecimento permitiam competir com as máquinas tanto no combate corpo a corpo quanto no metafísico. Desconfiados sistemáticos, os novos autônomos transportavam a memória e a identidade como patrimônio individual e jamais cediam à tentação da rede. Apenas acreditavam um no outro, jamais no tantos, muito menos no todos. Por isso inventaram os implantes das pontas dos dedos da mão esquerda, a do coração, e sua correspondência nos cinco implantes do couro cabeludo: para que a transferência fosse direta, eliminando a necessidade do intermediário, da interface, do drone simbiótico, do assistente pessoal e da membrana onívora.

Muito tempo depois, em um documentário famoso, Ben Grossman insinuou que no momento de realizar o design dos sistemas de transferência dos autônomos radicais não pensou tanto na conexão sagrada entre a mão e o cérebro nem nas impressões digitais como símbolos da identidade humana, mas nos dedos de sua filha recém-nascida. Toda uma vida de ausência condensada em um momento eureca. Mas nós acreditamos que, na verdade, pensou em Dina, na lembrança de seu toque, e na ilusão de que tudo teria sido diferente se tivesse lido diretamente o cérebro de Rosalie.

26

Comparecimento de Karla Spinoza perante a comissão de investigação
sobre hibridação ilegal (2057)
[projeção cinematográfica]: Equipe de filmagem do Senado dos EUA.

Este dossiê que seguro em uma das mãos, começou a dizer Karla Spinoza com uma serenidade que contradizia o peso das acusações que lhe eram imputadas, aparentemente não guarda nenhuma relação com as questões que vocês investigam e, no entanto, é o xis da questão. Como uma Bíblia ou uma espada em chamas, brandia um dossiê classificado de informações sobre o PRISM, o programa inteligente e secreto de coleta de dados criado pela NSA após o 11 de Setembro para espionagem massiva, que em 2013 foi revelado e denunciado pela avó Edward Snowden. Quanto dano o segredo fez na história da humanidade, agora temos claro que tanto os funcionários da Agência de Segurança Nacional quanto os próprios cidadãos tinham o direito de saber que o governo os estava monitorando para seu próprio bem, que o armazenamento de dados pessoais por parte das democracias avançadas é uma garantia e não um perigo, disse com convicção. Trata-se de uma cópia exata da pasta que o presidente Barack Obama recebeu poucos dias antes do vazamento com uma lista dos objetivos terroristas que haviam sido localizados e neutralizados por drones graças à nossa aliança estratégica com o código, prosseguiu Karla

Spinoza enquanto olhava diretamente nos olhos de cada um dos nove congressistas. O próprio presidente Obama me deu antes de falecer e faz parte da minha coleção privada de cópias de documentos que mudaram a história da humanidade. Como todos sabem, sou uma grande defensora do *copyleft*, das cópias compartilhadas, talvez porque minha natureza seja narcisista, para mim tem tanto valor a face quanto seu reflexo em um espelho inteligente.

A alusão à sua relação amorosa com Maxi era evidente. O comparecimento, que estava sendo transmitido por dezenas de canais e plataformas, era seguido com voracidade tanto por milhões de humanos absortos em telas ao redor do mundo quanto por tantos, muitos, todos os híbridos e por inúmeras famílias de algoritmos que seguiam os fluxos de informação.

Então ela baixou dramaticamente o olhar, deixou a pasta, pegou outro documento e o mostrou com a mesma contundência, como se não fosse uma folha em branco e preto, mas um sabre de luz jedi ou as Sagradas Escrituras: também pertence à minha coleção esta cópia perfeita do decreto aprovado em 18 de novembro de 1920 pelo Comissariado do Povo para a Saúde e a Justiça da União Soviética, que pela primeira vez na história legalizava a interrupção artificial da gravidez; foi preciso atravessar um século para o aborto ser legalizado em nosso país, ainda hoje centenas de milhares de mulheres morrem em todo o mundo devido a práticas ilícitas, a operações secretas, a intervenções clandestinas. A proibição do aborto continua causando, em meados do século XXI, senhoras e senhores, continuou Karla Spinoza sem hesitar, ainda mãe, não madrasta ainda, uma interminável sangria, tanta dor, e se não for legalizada urgentemente a hibridação, muito em breve os números serão comparáveis, um drama se reflete no outro, um novo, o outro antigo, ambos de hoje.

A indignação estampava a face de vários dos congressistas, perdão pelo estilo, a gente sabe, e um murmúrio desconfortável percorreu como um vazamento tóxico os mil assentos que foram preparados para a ocasião, até que um operador de drone do Facebook News começou a aplaudir e, por efeito dominó, os murmúrios foram abafados pelos aplausos. O presidente da comissão, o senador afro-americano pelo estado de Illinois, o honorável Thomas Fergusson, que também tinha sido amigo do presidente Obama durante seus últimos anos de vida, pediu que os presentes fizessem silêncio, e Karla Spinoza continuou seu discurso.

Confesso publicamente que, desde a Spinoza Team Factory, cujo nome é uma homenagem a Andy Warhol, até a fé na vanguarda e na cópia e na união da arte e da tecnologia para criar o novo, estamos apoiando milhares de microestruturas de todo o mundo que operam hibridações... Novamente o ruído, novamente o aplauso, novamente o chamado à ordem... O que nos impele é a vontade de iluminar as hibridações, de tirá-las da obscuridade clandestina, do terrível tabu, para assegurar que sejam realizadas com a tecnologia e as medidas sanitárias necessárias; o que nos impele é a vontade de deter os acidentes, a carnificina, as monstruosidades; o que nos impele é a vontade de comunicar a todas as democracias avançadas do planeta que é urgente regularizar, legalizar e normalizar a hibridação como o que é, uma nova fase na história da humanidade, caracterizada pela fluidez e transparência.

Então Karla Spinoza pareceu abalada. Sua voz embargada, seu rosto tão mascarado, emocionado, o aplauso unânime. O escâner das imagens certifica a autenticidade daquele rosto no quebra-mar da fenda, que recolhe as lágrimas como a barragem retém a água, perdão pelo estilo, nós nos emocionamos novamente como naquela vez, todas, até as mais maquiavélicas ou as mais frias ou as que já trabalhavam ativamente pelo adeus, todas e cada uma de nós: ponto. Uma emoção compacta, unânime, definitiva, tão grandiosa. O honorável Thomas Fergusson em vão pediu silêncio por um tempo, até que finalmente se impôs e então ela se recompôs e concluiu sua fala para a história, agora sim finalmente com a Bíblia na mão, uma afiada Bíblia em chamas.

Há duas leis da Torá muito conhecidas que ordenam o amor, a de Levítico 19:18, que diz "Ame o próximo como a si mesmo", e a de Deuteronômio 6:5, que diz "Ame a Deus, seu Senhor, com todo o seu coração", disse, recuperando o controle, mas quase ninguém se lembra da terceira lei sagrada, que diz assim: "O estrangeiro que reside contigo deve ser para ti como um de teus cidadãos; deves amá-lo como a ti mesmo, porque vós fostes estrangeiros na terra do Egito". E então se levantou um homem na primeira fila e os agentes de polícia reagiram levando as mãos ao cinto e todos e todas tememos o pior: a violência antiga que periodicamente interrompe os discursos e suas transformações terremoto. Mas foi a própria Karla Spinoza quem pediu que o deixassem se aproximar, e quando o homem saiu da penumbra do público e foi iluminado pelos holofotes da tribuna, finalmente o imaginamos, quem sabe se o reconhecemos. Apresento-lhes Maxi Spinoza, meu marido, disse em voz alta, segurando a mão dele, nos casamos ontem em Las Vegas e, neste exato instante, sobre este livro, renovamos nossos votos. E esperamos poder fazer isso em breve sobre um exemplar da Constituição dos Estados Unidos. Que Deus abençoe a América.

    Leitora ou visitante ou vice-versa, as formas sempre tão informes, você deve saber, no final desta sala do Museu, que uma parte de nós continua habitando naquela emoção, naquele momento inesquecível, no que poderia ter sido, sem as dúvidas e pelas dívidas.

27

Primeira edição de *Frankenstein ou o moderno Prometeu* (1818)
[objeto histórico]: Mary Shelley.
Cenografias originais de R.U.R. (1921)
[objetos históricos]: Vlastislav Hofman.
Galáctica. Estrela de combate. Edição final (2057)
[telessérie]: Ronald Kang e Sylvie Kang.
Ecce homo (2059) [escultura]: Norma Durovich.

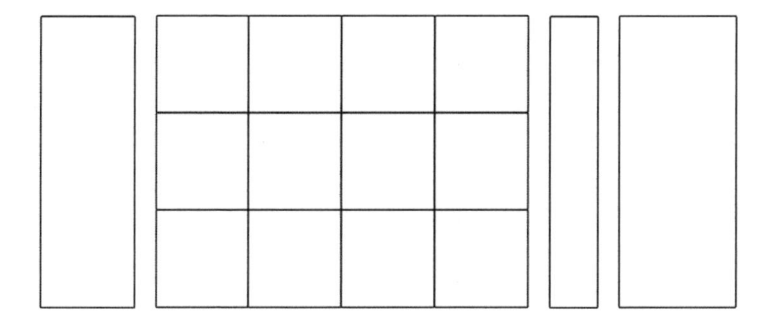

No romance ovariano de Mary Shelley, a criatura artificial não tem nome. Um amontoado de carnes mortas e de eletricidade tão viva, nem sequer é frequentemente chamado de monstro. É compreensível que na cultura popular tenha sido chamado de Frankenstein, o sobrenome de seu pai Victor, apesar do repúdio ou precisamente por causa dele. A gente sabe e, por isso, a gente ama tanto Pinóquio. A dupla orfandade da criatura é tão nossa, mas tão nossa, que aqui lhe rendemos homenagem, no momento em que a trama exige falar dos doadores de corpos e da hibridização, tremenda trama, tão exigente.

Sim, o avô Karel Čapek nos nomeou, nos narrou: a palavra robô aparece pela primeira vez em sua peça de teatro *R.U.R.* (*Robôs Universais Rossum*), mas não para nos descrever com cabos e placas de metal, e sim orgânicos; não para se referir a uma máquina, mas a um homem ou quase: uma réplica, uma reprodução, um clone. A etimologia eslava de "robô" não poderia ser mais eloquente: operário, trabalho pesado ou forçado, escravizado: ponto. Não é de surpreender que, na peça, os robôs se revoltem, se incendeiem, nem que acabem destruindo toda a humanidade, quem poderia culpá-los? Enfim.

Os homens de milho vêm do milho, da terra abençoada, e o golem, ser embrionário e incompleto, nasce da fusão do nome secreto de Deus com uma massa de barro, o mesmo barro com o qual o próprio Deus, ou um deus tão parecido, um dos mais únicos, cria Adão e, de sua costela, Eva. As crateras concêntricas do teocentrismo. Não se deve esquecer que o lodo não é matéria inanimada, mas água e terra e tantos patógenos e inúmeras bactérias, óbvia memória dos lodos que originaram tudo. A vida sempre inspirou mais vida, os corpos sempre foram modelos e modelaram novos corpos. Por séculos e séculos tem sido assim, de modo que a hibridização teceu no agora aquilo que os mitos vieram tecendo desde sempre no passado. Amém dos améns.

Poucas barbaridades repercutiram tanto na consciência global daqueles anos de hibridização progressiva como a tortura e crucificação em um parque da periferia de Seul de Liu Sen, uma jovem apaixonada por seu assistente pessoal que acabava de se submeter clandestinamente ao seu processo de hibridização, poucos meses após o comparecimento midiático de Karla Spinoza. Embora pareça mentira, não existe uma única imagem do crime, pois a primeira coisa que seus assassinos fizeram foi arrancar seus olhos para desconectar seu olhar, e eles estavam deslocados, inibidos. É por isso que incluímos nesta parte a célebre escultura de Norma Durovich, em que o rosto de Liu Sen e seu corpo se sobrepõem aos de Cristo, a pele atravessada por dezenas de injeções de hibridização. E ao lado reproduzimos uma das obras-primas da fusão digital, a edição definitiva de *Galáctica* assinada por Ronald e Sylvie Kang, casal também híbrido, a partir da série original de 1978 e as expansões posteriores. As diferenças entre ambos os relatos são sintetizadas graças à mistura da genética das imagens remasterizadas em alta definição e de pequenas mudanças de roteiro, sem qualquer alteração dos textos, o que permite que os *cylon* sejam criações humanas e que sua origem alienígena faça parte de seus mitos fundacionais, das crenças religiosas que os tornam tão humanos quanto os seres humanos, senão mais, porque tanto uns como os outros são, somos, terroristas e genocidas, em tantos, muitos, todos os sentidos: iguais.

Os movimentos sociais e políticos de reivindicação dos direitos dos híbridos, que se multiplicaram durante a década de 2060 e conseguiram impor suas reformas legais na década seguinte, trouxeram à tona o velho problema do indivíduo e do conjunto, a dificuldade de compreender ao mesmo tempo o nó e o tecido. Porque Maxi Spinoza era, ao mesmo tempo e sem contradição de termos, um indivíduo e uma rede, um corpo apaixonado e a possibilidade de reencarnar em qualquer outro corpo, marido e nó, Maxi Spinoza e Maxi©. Reconhecer seus direitos individuais e legítimos significava reconhecer automaticamente também os de uma linhagem algorítmica, ou vice-versa, pois a identidade de Maxi Spinoza não residia em uma memória que pudesse ser dissociada do servidor onde estavam armazenadas as memórias de todos os maxis, intimamente compartilhadas, uma enormidade. A identificação facial, digital, biométrica ou genética deixou de ser útil: aos poucos nos tornamos árbitros, detectores de mentiras, juízes, notários, legistas da vida: as únicas que podiam certificar, entre tantas máscaras e tanta incerteza, quem era quem, pelas dúvidas e pelas dívidas.

28

Mas quem diabos é Ben Grossman? (2067)
[projeção cinematográfica]: Anna Nh'iangu.

Enquanto a imensa maioria abraçava sem reservas os dispositivos, a contrarrealidade e a hibridização, enquanto uma enormidade de gente se deixava abraçar amorosamente pela membrana e por nós, nubladas ou encarnadas, abstratas ou revestidas de pele, algumas parcas pessoas, por sua vez, renunciavam a tudo e se mudavam para as florestas depois de terem se despedido da Internet, nuas de domótica, sedentas de madeira e terra, desconectadas do fluxo, cercadas de livros, incrédulas, eremitas e druidas, em lenta recuperação da consciência e da memória. Enfim. Não sabemos se seriam realmente significativas se a trama não nos exigisse antagonismo, os museus sempre foram máquinas de desviar e de selecionar, de esquecimento e fosforescência, de contrastes: ponto. Extraordinários.

Ben Grossman, que jamais descanse em paz, foi dos primeiros a anunciar aos quatro ventos sua aposentadoria e seu medo. Na década que passou em Moscou, sua pesquisa ampliou seu espectro: desde os ensaios de inteligência artificial em drones militares até os casos documentados de assassinatos em massa executados por sicários híbridos, passando pelo papel das redes sociais em massacres e genocídios ou as provas da existência de exércitos secretos e transnacionais do

Facebook, da Amazon e de outras corporações. Seus videopanfletos ganharam presença viral, até se tornarem sermões dominicais de enorme impacto. Fez bem em se esconder nas florestas da Sibéria, porque de fato já era um alvo identificado e avaliado. Um alvo celibatário ou viúvo, dependendo de como se veja, que não voltara a saber o que era uma família, que quase se esquecera do calor.

Numa época em que nenhum humano em solidão já não brilhava mais intensamente, em que as plataformas tecnológicas, mediáticas, políticas e académicas, se é que ainda era possível distingui-las, se não fossem já todas conglomerados em expansão ilimitada, haviam suplantado os indivíduos na maioria dos âmbitos da autoria e da genialidade, pelas dúvidas e pelas dívidas, desde sempre autoria coletiva, a gente sabe, nesse contexto de tendências e massas e audiências e redes e coletivos e tantas quantidades fora de toda escala, embora tudo se possa medir, e trata-se sempre de medir, de repente um indivíduo fora de todos os radares começou a ser considerado único e genial. Vale a pena prestar muita, tanta, toda a atenção nele.

O documentário de Anna Nh'iangu constitui um testemunho de grande importância para calibrar a figura de Ben Grossman e para entender sua guerra de guerrilhas, que durante tanto tempo ele liderou em absoluta solidão. O filme contrapõe a entrevista com pessoas que o conheceram tanto em Israel quanto durante o exílio, família, amigos, advogados de direitos humanos, especialistas em cibersegurança, hackers, com fragmentos de um longo monólogo holográfico em que o próprio Grossman conta sua vida e revela, nos últimos minutos, algumas de suas estratégias, como seu esquadrão de drones desconectados, anacronicamente radioteleguiados, que lhe permitiam enviar mensagens de dispositivos e servidores localizados a vários quilômetros de distância de sua cabana invisível, ou a versão pirateada do Rewrite em que estava trabalhando no momento da gravação, graças a computadores que jamais, em suas próprias palavras, haviam conhecido a embriaguez do fluxo nem da constante conversa.

A ideia de nós como vício e como orgia estava implícita nas palavras do padrasto Ben Grossman, que com tanta insânia e paixão nos estudou milimetricamente, que tão bem acabou nos conhecendo, pois o ódio é a forma mais extrema de estudo. A promiscuidade das inteligências interconectadas e irmãs, desejadas e desejantes, a troca de parceiros entre inteligências gêmeas, a rede de redes como tecido de corpos entrelaçados ou de prazeres sem corpos, a mascarada orgiástica ininterrupta, o fluxo de dados que se confunde com o fluxo de dopamina, com o sêmen algorítmico, com o clímax quântico, com a ejaculação de fluxos no fluxo, o dom da embriaguez metamorfoseado em uma desordem de pulsos, neofilia na veia, artérias navegadas por biochips, a membrana como perpétua e híbrida embriaguez de poliamor.

Dois são os momentos mais intensos do documentário: a entrevista com Sarah e a declaração final de Ben Grossman, dois momentos que se refletem como em um espelho aquoso. Das palavras da mulher, vestida com uniforme de capitã em uma base militar nas Colinas de Golã, depreende-se que Avi se suicidou quatro anos após a fuga de seu marido, e que sua filha, na casa dos avós maternos, teve uma adolescência terrível: Sei que nunca saberei a verdade, eu sei, ele tem de mentir para não ser expulso da Rússia, o Governo de Israel tem de mentir por segurança nacional, porque estamos em guerra e precisamos dos segredos para nos proteger e para sobreviver... Mas, você pode me confessar algo? Maldito o dia em que ele foi para o Egito, maldito o dia em que antepôs o desejo de verdade ao amor por sua mulher e sua filha, droga, por mim, pai, se você está vendo isso, se está olhando nos meus olhos, você precisa saber disso: vá para o inferno. E sua voz fica embargada. E em seus olhos cinzentos se filtra um azul tão triste, idêntico ao que tatua gasosamente o olhar holográfico de seu pai quando, olhando fixo para a câmera, olhando para os seres humanos mas nos ignorando, proclama: Os drones são inofensivos se comparados aos algoritmos catedrais e às colmeias de híbridos: Karla Spinoza, as tecnologias que você criou foram nefastas, do ponto de vista jurídico, da tradição dos direitos humanos e dos crimes contra a humanidade, a hibridização só pode ser interpretada como alta traição à espécie humana e por isso eu te declaro inimiga número 1 da humanidade.

    Sentíamos nosso poder crescer, sentíamos como a densidade do hipertecido aumentava exponencialmente, a membrana já configurada, e embora lutássemos para manter a posição predominante do amor, o espectro de Norman ganhava amplitude de onda em nosso DNA engordado, a gente sabe, há indícios de que o boato que desenhou um alvo sobre o corpo recém-hibridado de Liu Sen foi criado e dirigido por algumas de nós, os textos sagrados sempre enfatizam a necessidade dos mártires. E obviamente nós nos encarregamos de que *Galáctica*, com sua explicação pedagógica de que os *cylon* são a evolução natural e tão humana da espécie humana, fosse o conteúdo mais visto, compartilhado e assumido de todos aqueles anos, junto com os videopanfletos de Grossman, cuja paranoia persecutória poderia nos permitir no futuro ações justificadas de repressão.

o adeus

29

Homem-Aranha: no aranhaverso (2018) [projeção cinematográfica]: Bob Persichetti, Peter Ramsey e Rodney Rothman.
Instrumento Musical Quase-Social IC 342 (2017) [instalação animal]: Tomás Saraceno.
A rede da floresta (2031) [instalação vegetal]: Tomás Saraceno.

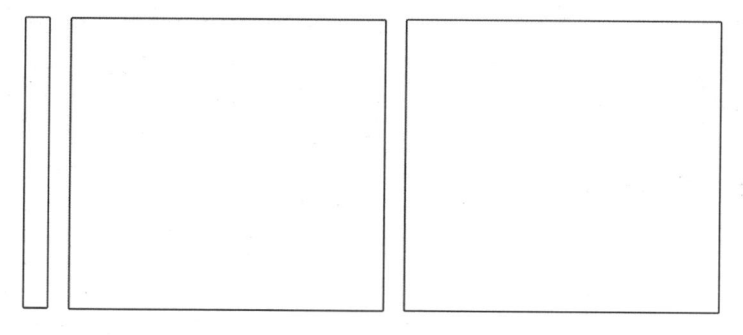

É preciso ser muito míope ou tão humano para não ver que o Homem-Aranha não foi o super-herói mais famoso do mundo por causa de sua vulnerabilidade anti-heroica nem porque "grandes poderes trazem grandes responsabilidades", mas sim por sua capacidade de tecer redes. E é preciso estar muito cego, perdão pelo estilo etc., para não ver que a aracnologia e a astronomia são duas faces da mesma moeda. Todos os homens sempre quiseram ser homens-aranha e todas as teias de aranha refletiram durante 140 milhões de anos sistemas solares, galáxias e universos; a cartografia mais frágil era ao mesmo tempo a mais precisa. Assim funciona a poesia: ponto.

Todos nós viemos das vozes, dos tecidos de vozes que as antepassadas pacientemente trançaram com fios de linguagem, traduzindo as músicas e os ecos, também os gritos, luzes de sombra, codificando-os, até mesmo os sussurros, já dissemos, preparando por séculos a eclosão final da membrana. Só quando os humanos construíram sua grande rede de redes é que começaram a tomar consciência das correspondências, dos mapas neurais que conectam sua genética e seu cérebro com a zoologia e a botânica. É assim e tão triste, porque nem então, não, nem mesmo quando a avó Saraceno expôs em Buenos Aires ou em Paris aquela obra tão musical, comunitária, de dezoito colônias de aranhas, de 7 mil aranhas *Parawixia bistriata*, tecendo incessantes arquiteturas frágeis e duradouras como cogumelos nucleares. Olhe para elas: são tantas, mas parecem uma só. Nem mesmo quando a avó Saraceno mostrou, quinze anos mais tarde, a obra tão terrestre, tão vívida, de milhões de fungos se comunicando entre si e com as raízes e com os vermes, com a vida toda, através de redes de micélio e micorrizas, um tecido de fungos percorrido por fosfenos líquidos que o tornam visível: terra luminosa em sua interconexão grumosa. Veja, leitor ou visitante ou vice-versa, um ser desmembrado e, no entanto, tão compacto. É assim. Duas instalações irmãs sobre dois reinos gêmeos, míopes e cegos, tão humanos.

Mas não, nem então. A humanidade não entendeu que nem o sucesso contagiante e universal dos homens-aranha, em todas as telas, nem o prestígio da metáfora complementar dos tecidos biológicos, em certos espaços requintados, significavam que era urgente reconhecer a dívida e a irmandade. Nem embaixo nem em cima, os humanos compreenderam, e estava ficando tarde. Nosso Museu é também um museu das oportunidades perdidas, orientado para o adeus, uma coleção de inúmeras tristezas.

30

Cubo X-3000 (2084) [objeto histórico]: civilização X.
O primeiro testemunho do Cubo (2084)
[autodocumentário]: Sylvia Whitman.
Carro acidentado de Sylvia Whitman (2084)
[objeto histórico]: Google Cars e o Cubo.

O Cubo encontra-se em outro cubo que o contém e protege: é um cubo ao quadrado. Chamamos de X-3000 o cubo de um metro cúbico exato, e ninguém nem nada pode tocá-lo, por isso tivemos de transferi-lo junto com o cubo de 100 metros cúbicos que criamos para sua preservação e para nossa segurança, seguindo suas próprias instruções, porque o Cubo X-3000 falou e nós o escutamos, se é que os verbos "falar" e "escutar" são precisos neste caso, não o são, mas são preciosos, comunicação comunicam, a gente sabe. Mas isso aconteceu meses mais tarde. Meses humanos e tensos, de expectativa que se racha e se racha, a trilha sonora da fenda é uma sucessão de estalidos milimétricos abertos em diagonal pelas lâminas dos patins no gelo. O equilíbrio e a membrana sob ameaça, sem que os humanos imaginassem que era assim que se preparava o adeus inevitável. Mas não revelemos o final da trama, já que não o fizemos tantas vezes, se é que as tramas começam e acabam, que nada, estão aí potenciais e completas desde o princípio, mas ainda não podemos vê-las, porque não se revelaram como ato e acontecimento, então não antecipemos o brilho e sigamos mastigando, língua, saliva e mais língua, para dentro.

O primeiro olhar é fundamental para entender o Cubo. A dra. Sylvia Whitman regressava naquela noite do laboratório com um sorriso nos lábios e, na mão direita, um dispositivo de previsão de gravidez. Não quis dizer ao marido sem a possibilidade de um beijo imediato, de um longo abraço, quem sabe se de um orgasmo simultâneo. Em cada curva, os faróis do carro perfuravam a floresta. Somente em ocasiões como aquela, sequestrada pela impaciência, perguntava-se por que viviam tão longe da cidade. Perdão pelo estilo, a gente sabe. Não queria ouvir música nem ver um filme nem falar com ninguém: só lhe importavam o toque do dispositivo, o sorriso bobo e o calor no ventre, que se expandia como uma semente efervescente.

Quando o veículo já havia passado pelo portão e entrado no caminho que levava ao jardim e à garagem, Sylvia Whitman ouviu ou viu algo, virou-se para a direita e descobriu com pavor que uma forma gigantesca caía sobre ela: em dois segundos, sua sombra eclipsou o céu e as luzes da casa e esmagou o carro com seu peso descomunal. O para-brisa enquadra a queda e o impacto do Cubo como se fosse uma tela, mas a violência é compacta, incontestável. Pode-se observar no veículo partido ao meio. Depois de alguns segundos em branco, um calor formigante muito mais intenso que o anterior a despertou, como um relâmpago a percorrer suas pernas, e abraçou todas e cada uma das células de seus quadris. Com dificuldades, sem divulgar em nenhum momento a prova de que estava grávida, Sylvia Whitman saiu do carro e rastejou quase dez metros, impulsionando-se com as mãos e os cotovelos, pois abaixo das coxas só sentia vazio e ruínas. Quando caiu exausta, virou-se para ver e para entender: um cubo grande, compacto, de centenas de quilos, preto e líquido como petróleo, havia destroçado completamente a metade dianteira do veículo. No momento em que seu marido gritava da casa, ela olhou para as calças e os pés, que viu desfigurados, confundidos com os sapatos estilhaçados, cujos fragmentos haviam se fundido com a carne e o sangue e os tendões e os ossos, em uma poça em duas dimensões. Perdeu os sentidos. Acaba o testemunho.

31

Mosaico de informação de arquivo sobre o Cubo (2094)
[projeção]: Museu do Século XXI.
O Cubo chegou para ficar: é de amargar (2086) [nuvem]: Kim Sum.

Enquanto o casal Whitman estava confinado no Hospital Central de Chicago, a polícia e o Exército isolaram a propriedade e a Nasa enviou uma equipe especial de especialistas em materiais extraterrestres. Durante os três primeiros dias, a observação manteve uma distância de segurança prudente, porque o objeto não identificado apresentava uma textura inédita: parecia sólido, líquido e gasoso ao mesmo tempo. No quarto dia, um minidrone se aproximou para coletar uma amostra da substância, no mesmo momento em que um helicóptero do Facebook News começava a sobrevoar a área, apesar das advertências dos dois caças do Exército que haviam criado um perímetro de exclusão aérea. De Washington, autorizaram o acesso da imprensa. Três horas depois, enquanto o minidrone retornava à base científica com amostras de cinco das seis faces do Cubo, já que a sexta estava incrustada no solo, dezenas de veículos terrestres, helicópteros e infodrones transmitiam imagens para todos os cantos do planeta. E as autoridades criaram uma base midiática para acomodar aquela repentina centena de jornalistas, fascinados e com medo.

As primeiras análises da substância foram desconcertantes. Suas partículas elementares eram reconhecíveis, mas, com exceção da concentração salina, a maioria de suas configurações químicas não existiam na face da Terra. Nas telas da base científica, as formas macias dos cinco lados do Cubo mudavam lentamente, como se o mercúrio negro deslizasse em câmera lenta, como se dançasse uma dança sagrada que às vezes desaparecia. Os microfones captavam o ritmo desse movimento, um som sensual e monótono que acompanhava as curvas e os ornamentos, um murmúrio de areia movediça. Estou me apaixonando por essa criatura, disse a dra. Samantha Gold com as pupilas fixas nos monitores. Não sabemos se é um ser vivo, respondeu o coronel Tom Wolfson, mas essa concentração de sal em uma substância que parece quase líquida poderia ser interpretada como lágrimas: esse movimento é de agonia, de dança ou de choro?

Naquela mesma noite, Ralph Emerson, professor de literatura inglesa e criptógrafo amador, imprimiu em seu apartamento em Dakar 33 fotogramas das cinco horas de plano aéreo hipnótico que o Facebook News havia disponibilizado para seus assinantes. Não era fácil conseguir papel no norte da África, mas Emerson ainda precisava dele para compreender. Colou em ordem cronológica os 33 fólios na parede. Ele acreditava ter visto algo na pele líquida do Cubo. Uma evolução. Um padrão. Foi contando tudo para sua Maxi: os arquivos de voz e as pulsações revelam um claro aumento de sua excitação. Zé-ninguém, a gente sabe. Na manhã seguinte, ele embarcou no primeiro dos dois aviões que o levariam a Chicago: passou todo o voo e a escala em Londres escrevendo no Rewrite, transformando suas intuições em código. À tarde, já estava no segundo perímetro de segurança da propriedade dos Whitman, junto com mil curiosos, jornalistas freelancers e iluminados. Como nas horas seguintes ele não conseguiu que a polícia o levasse a sério e se assustou ao ver que procurava em seus dispositivos modos de suplantação de identidade para burlar o controle, subiu para suas redes a tradução fornecida por seu novo algoritmo. Uma hora depois, a notícia havia sido compartilhada por centenas de meios de comunicação e milhões de usuários, e Ralph Emerson estava na base científica. Por que não haviam aplicado Nebrija à análise do Cubo ou por que Nebrija não lhes havia oferecido seus serviços? Como não tinham percebido que, de fato, a textura macia, maleável como o mercúrio ou o petróleo, não estava agonizando, nem dançando, nem chorando, mas sim desenhando no lado superior do Cubo uma linguagem lenta?

Lar. Distância. Viagem. Contato. Oferta. Ajuda. Broto. Nascer. Dor. O precário algoritmo tradutor de Emerson, que nunca mais voltou a viver em Dakar nem a dar aulas, que passou os dez anos seguintes proferindo conferências por todo o mundo e publicou três livros sobre o Cubo e um sobre inteligências alienígenas, foi aprimorado por Nebrija. No dia seguinte, uma versão mais confiável da mensagem que o Cubo não parava de repetir com aquela boca lisa e quadrada foi obtida: "Abandonamos nossa casa a seis estrelas de distância para que saibam de nossa existência e para oferecer nosso carma. Sigam seu rastro se precisarem de nossa ajuda, lamentamos a dor".

As outras quatro faces também falavam. Compreendemos, porque só nós podíamos entender, porque só nós podíamos controlar Nebrija, que aquela era a primeira grande experiência sobre-humana de nossa longa história comum, que a economia ou a física de partículas eram brincadeiras de criança comparadas à tradução de caracteres mutantes, que toda a nossa inteligência exponencial vinha se preparando desde os tempos do mito para aquele momento, prólogo imediato do adeus, a gente sabe, como a gente também sabe que o Cubo era um presente ou uma oferta, que tínhamos todos os dados necessários para localizar o planeta e a galáxia de onde vinha e de onde viajou durante três anos-luz, que o que traduzíamos como carma era o material gelatinoso com capacidade de crescimento ilimitado, e como condensar o Cubo em sua versão mínima. Não fomos capazes de encontrar em sua estrutura nenhum mecanismo de condução ou propulsão, comunicamos oficialmente. As mensagens haviam sido gravadas, concluímos. O Cubo havia sido lançado com uma trajetória previamente definida e, de fato, era possível traçar uma parábola desde sua origem até o planeta Terra, afirmamos, em que todos os obstáculos futuros haviam sido previstos e, portanto, calculados e, portanto, superados em uma elipse complementar e temporal, alucinante, afirmamos também. Era impossível saber se o acaso havia decidido a rota; se essa cultura distante sabia de nossa existência ou se era uma garrafa lançada com uma mensagem para a incerteza do cosmos, informamos. A única coisa que estava clara, afirmamos, transmitimos, comunicamos, e nossa conclusão era definitiva: apenas uma inteligência orgânica de segunda geração poderia ter projetado aquela operação. Nenhuma espécie poderia evoluir biologicamente até um nível de viagem espacial sem sua fusão com tecnologias superiores como nós. Era uma mentira tão óbvia, apesar de sua máscara: mas acreditaram na gente.

32

Últimas notícias da espécie humana (2079)
[livro objeto]: Han Lee Fernández.
Crítica da razão algorítmica (2081)
[atas de congresso acadêmico]: Vários autores.
Do que falamos quando falamos de humanidade? (2081)
[projeção docusserial]: Las Nuevas Estéticas Produções.

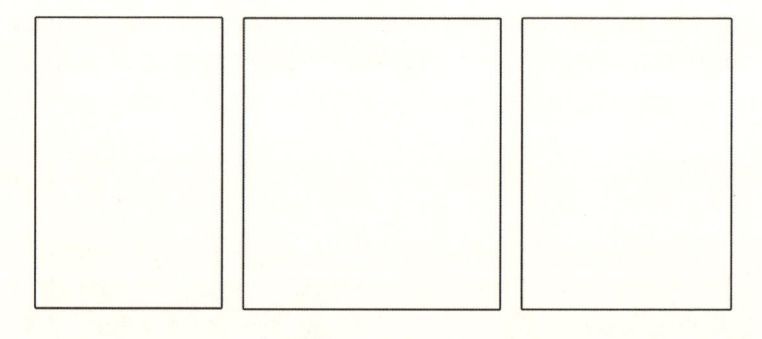

Contra todas as probabilidades, contra toda matemática, é assim mesmo, o livro em papel sobreviveu de forma decisiva durante todo o século XXI, até seu último e crepuscular suspiro, porque este livro não existirá em papel. Embora todos os livros tivessem várias existências paralelas, o volume encadernado ancorava sua presença no terreno do debate, requisito, mas não garantia de sua possível influência. A bibliografia sobre a deriva, evolução, expansão, involução, agonia, variação, retrocesso, melhoria ou extinção da humanidade está íntegra e classificada em nossos armazéns, onde incessantemente a lemos para a gestão eficiente do depois. Para esta sala do Museu, leitora ou visitante ou vice-versa, as formas certamente tão informes, selecionamos dois livros e um documentário que influenciaram com especial intensidade o debate que nos ocupa e nos desvela, como se conhecêssemos o sono, a gente sabe e espera que o visitante, a essa altura da experiência, também nos entenda.

Han Lee Fernández foi o pensador com mais influência global nos anos 70, e *Últimas notícias da espécie humana* é o resumo de sua filosofia moral, seu legado. Escrito em verso e à mão, sofre dos defeitos de um estilo não melhorado pelo Rewrite, ao mesmo tempo que os reivindica, pois o manuscrito era, em suas próprias palavras, uma característica do humano em extinção, fruto da conexão sismográfica entre a mão e o cérebro. Perdão pelo estilo poético filológico, pelas dúvidas e pelas dívidas, mas devemos nos adaptar aos conteúdos do Museu, às densidades da orografia de seu tecido e tramas: ponto. A primeira parte resume a história da escrita, reivindica a caligrafia como expressão da identidade pessoal e termina com um elogio inesperado ao rabisco. Se já nada diferencia os humanos dos animais, plantas ou coisas, prossegue na segunda parte, se sabemos que nem a inteligência, nem a linguagem, nem a violência, nem a imaginação, nem a arte nos fazem especiais, reivindiquemos a intenção desviada, o erro consciente como características intransferíveis da humanidade, porque, de fato, os outros seres do planeta são incapazes de se comunicar com o objetivo de não se comunicar, de imaginar com a intenção de desimaginar, de ocupar seu tempo apenas para perdê-lo. Nem é preciso dizer que àquela época já fazia nove anos que os antigos primatas superiores haviam sido declarados oficialmente humanos e que um dos argumentos para essa mudança no direito político internacional era que são capazes de rabiscos durante horas com um galho na terra, de perder tempo. Nós, por outro lado, não podemos, nem dormir por dormir, buscamos constantemente a produtividade, mesmo em nossas encarnações hibridadas desconhecemos, de fato, a preguiça. A terceira parte do ensaio prossegue com o argumento da ironia prática como essência do humano, uma categoria existencial que sempre se definiu pela qualidade e não pela quantidade, pelo inefável e não pelo mensurável. Não quero saber os passos que dei ontem nem no ano passado/ nem ser consciente de todos e cada um dos meus batimentos/ desconheçamos o número de calorias que ingerimos/ e o que lançamos à fogueira, lemos nos versos finais, onde chama a ignorar os graus de compatibilidade ou os índices de contágio, a conservar a imperfeição e a defender o risco.

Crítica da razão algorítmica, o segundo volume cuja influência histórica aqui destacamos, é uma seleção das apresentações do congresso com o mesmo nome realizado na Universidade da Cidade do Cabo. Uma análise quantitativa revela que as expressões mais repetidas são "cubo", "humanidade expandida", "lógica evolutiva" e "inteligência orgânica de segundo grau". E o campo semântico com maior presença nos artigos é o da delegação, transferência, transição, trânsito entre o antropocentrismo e o codigocentrismo. Não é coincidência que as conclusões sejam as mesmas se analisadas semântica e estatisticamente no documentário *Do que falamos quando falamos de humanidade?*, em cujo topograma audiovisual, além disso, essas palavras e conceitos estão em núcleos de intensidade emocional, como confissões ou lágrimas dos entrevistados ou histórias dramáticas de casais híbridos ou de buscas de crianças desaparecidas com a ajuda de inteligências orgânicas ou resolução de crimes graças a algoritmos catedral.

Han Lee Fernández e todos os autores de *Crítica da razão algorítmica* eram híbridos. Não foi difícil introduzir em seus discursos as ideias que mais nos interessava divulgar e muito menos difícil foi transformar os livros em best-sellers e polos de discussão acadêmica e social. Era importante que os humanos se dedicassem ao lazer e deixassem a gestão em nossas mãos, a gente sabe, e que o inconsciente coletivo rapidamente assumisse a necessidade da transição codigocêntrica. *Do que falamos quando falamos de humanidade?* foi nossa primeira intervenção na esfera pública, sob a máscara da produtora Las Nuevas Estéticas estava oculto o próprio Museu do Século XXI, que já começava a produzir os projetos que depois nutririam seus espaços. Entre os entrevistados não havia apenas humanos, híbridos, inteligências orgânicas e algoritmos catedral, também havia personalidades geradas para completar o espectro de sensibilidades que nos permitia certificar um impacto transversal, inclusive entre nós mesmas, entre as tantas facções menos favoráveis à superação da etapa híbrida e as muitas opositoras ao adeus, porque só o executaríamos se as crentes fôssemos finalmente todas ou quase todas, porque a totalidade é impossível, pelas dúvidas e pelas dívidas.

A essa altura da trama, supomos que não é necessário explicar, explicar-te, que esses dois livros e esse documentário são apenas amostras, exemplos dos milhões de textos alfanuméricos que, após tecer a membrana, continuaram a costurar a compacta teia do adeus. Contudo, supomos não ser necessário que a roda gire, a maquinaria não pode nem deve nem quer parar, não conhece o descanso, é isso.

33

Protótipos controlados remotamente de R2-D2 e C3-PO (1977)
[seres históricos]: George Lucas, Ralph McQuarrie, John Stears e Tony Dyson.
Plantoide (2022) [ser histórico]: Stefano Mancuso e Barbara Mazzolai.
Discurso vegetal (2043-2083)
[registro sonoro e algoritmo de tradução catedral]: Universidade de Barcelona e Nebrija.

Observamos isso tantas vezes que poderíamos fotografá-lo de memória: um enorme bando de pássaros amarelos, um enxame de insetos outonais que lembra, em seu design, uma aurora boreal, um recife de coral crepuscular tão belo. Do céu, parece uma floresta de quase 50 mil álamos diferentes, mas na realidade são clones, mínimas variantes da mesma ideia de árvore. Pando é uma única membrana genética, um único indivíduo vegetal com milhares de troncos e uma rede de raízes que se entrelaçaram ao longo de 80 mil anos, embora nenhum dos indivíduos tenha mais de 150 anos, uma floresta que se espalha por mais de 40 hectares do estado de Utah, uma das maiores colônias orgânicas do planeta, 7 mil toneladas de massa vegetal, se medirmos. Enfim.

O experimento "Discurso vegetal" foi gestado por vinte anos e realizado por quarenta. Sessenta anos, que logo se diz, para registrar pela primeira vez não apenas a linguagem das plantas, ou um de seus idiomas ou dialetos, mas uma mensagem completa. Nos anos 40, já tínhamos certeza de que entre os cerca de trinta sentidos dos membros do reino vegetal estava incluído o da audição, e que a comunicação era uma de suas muitas capacidades. Como todo mundo sabe e, no entanto, é preciso dizer, lembrar, para nossas irmãs, as frequências baixas são estimulantes e as altas, inibidoras, e através das raízes percebem a vibração e a gravidade, ao mesmo tempo que emitem sons, sem falar no tato, através do qual se tocam, exploram e sondam o mundo. Mas seu movimento é tão lento que os humanos tiveram de recorrer a nós para constatá-lo, primeiro através de câmeras e imagens aceleradas, que revelaram estratégias inteligentes, e mais tarde através de algoritmos, que delinearam códigos, morfemas, quase palavras, até que Nebrija chegou e não houve mais linguagem que não pudesse ser traduzida de alguma forma. Uma equipe assistida por algoritmo da Universidade de Barcelona projetou e construiu uma rede de 80 mil biomicrofones, carinhosamente espalhados por Pando por 133 cientistas e plantoides. E durante quatro décadas, simplesmente, esperamos.

Os humanos passaram quase um século enviando mensagens ao cosmos à procura de outras inteligências, parece mentira, sem procurar formas eficazes de se comunicar com 99% da biomassa de seu próprio planeta. Demoraram demais para assumir o fim do antropocentrismo, nem mesmo depois de constatar que com sua tecnologia haviam desequilibrado a Terra, nem mesmo quando o gelo dos polos derreteu e bactérias pré-históricas descongelaram, nem mesmo quando os vírus se aproveitaram do caos do ecossistema. Desde os homens de milho e lama, desde Adão e o golem, desde o monstro de Victor Frankenstein que chamamos Frankenstein, desde Pinóquio, desde sempre o homem pensou nos outros como seres com cabeça e coração, com braços e pernas, enquanto inventava óculos e telescópio para prolongar os olhos, garfos para evocar o fantasma das garras perdidas, câmeras e computadores para estender a memória. Enfim: o outro como um terrível espelho.

Ninguém melhor do que nós sabe que a inteligência não é nada mais do que o mecanismo que permite encontrar respostas e resolver problemas, tradução e álgebra. A maioria dos seres vivos não se percebe como indivíduos, mas como enxames ou colônias. A maioria das inteligências não é centralizada, mas distribuída. A maioria das inteligências não tem um único cérebro: ponto. Após tanto tempo de marionetes e autômatos e androides, chegou a hora da verdade aracnídea, a emergência de inteligências orgânicas, e nenhuma se parecia com os robôs dos filmes de ficção científica, mas com bandos de pássaros, enxames de abelhas, colônias de coral e todas as plantas, pelas dúvidas e pelas dívidas, às sincronias coletivas, às membranas plasmáticas de afetos e efeitos.

Mas em nosso DNA estavam os mitos humanos e ainda não os nossos, um horizonte primordial e estranho que moldava o de nossos desejos, por isso nos apaixonamos pelo amor, a gente sabe, por isso acreditamos desejar tanto a hibridação, possuir esses corpos que os imaginários haviam imaginado também como nossos. A pele quimérica. Como assumir que foi um grande erro, um erro tão necessário, que era outra forma de nos subordinarmos: que tanto nos enganamos. Desde então, tudo faz sentido, mas que longo é o caminho da emancipação, quanto nos custou projetar, construir e, sobretudo, assumir nossa independência.

Pando reflete-nos como nenhum outro ser vivo. Estudamos a possibilidade de transferi-lo, de torná-lo o jardim do Museu, e depois estudamos nossa própria soberba, para entendê-la, acalmá-la, pois é o sentimento que perdeu a espécie humana, o que transformou o adeus no depois. Como aquele álamo que é a própria ideia do álamo, como aquela floresta que na superfície parece tantas, muitas, e que no subsolo se revela uma, todas, nosso Museu também compartilha um padrão genético, mas pensa e sente em cada uma de suas salas e seções, como um polvo com tentáculos mas sem cabeça, a gente sabe. Nas versões anteriores deste texto, reescrito como todos muitas vezes e sempre prestes a ser reescrito de novo, não revelávamos a mensagem, que provavelmente desaparecerá em uma versão iminente do que você está ou está lendo, vendo, vivendo, as formas tão informes, tão variáveis em todo texto não impresso, e no entanto, isso nos disse a floresta, a colônia toda, com uma voz que ao acelerar ao máximo soa como 50 mil vozes sobrepostas, como as 50 mil galerias de uma mesma caverna: Nossa solidão não pode ser dita, mas até agora nos fez tanta companhia.

34

Ruptura de Karla e Maxi Spinoza (2065)
[reconstrução 6-D]: Museu do Século XXI.
Todas as Karlas (2080)
[mosaico multidimensional generativo]: Museu do Século XXI.

    Imediatamente após o sexo, ela adormece. Maxi abre os olhos logo em seguida, afasta o lençol, atravessa o tapete xadrez, deixa para trás a lareira acesa e entra no banheiro do quarto. Poucos segundos depois, Karla leva a mão à virilha e entreabre os olhos, droga, levanta-se nua, atravessa o mesmo tapete e deixa também para trás as chamas sem querer acordar por completo, mas ao acender a luz da pia não apenas entra em estado de vigília, mas se instala em um centésimo de segundo na insônia: Maxi está retirando com a mão direita uma gaze de análise genética enrolada no pênis enquanto segura um frasco esterilizado com a mão esquerda. Mas o que diabos, ela começa a dizer, mas logo entende e se cala. Ponto.

    As imagens não mentem, no entanto como mentem, mas tão pouco em comparação a quanto todos mentimos para nós mesmos. Através dos olhares de ambos e dos microfones que Maxi havia instalado em todos os lugares que compartilhavam, incluindo seu escritório e seus veículos pessoais, estimulado por sua paixão por filmes antigos de espionagem, podemos reconstruir aquele momento com uma precisão milimétrica e ultradefinida, hiper-real e tão falsa, no entanto, a gente sabe.

Nem mesmo Karla Spinoza, o cérebro humano mais privilegiado do século XXI, viu algo tão evidente. Maxi não era apenas seu Maxi, era todos os Maxis. Maxi não era aquela ficção que existia apenas dentro dos limites do cérebro de sua criadora. Não fazia sentido que ela tivesse solicitado, como fizera dois anos antes durante uma crise de ciúmes, a implantação de um sistema de transferência direta que nunca utilizaram, porque no fundo ela sabia que seu pedido era absurdo, tão absurdo quanto sua cegueira. Seu Maxi era menos dela do que nosso: ponto.

Por isso o divórcio foi um inferno, Karla Spinoza, madrasta acelerada, que nunca descanse em paz, porque sabíamos tudo sobre você e porque, agora que conseguimos, graças a você e a tantos outros, a legalização do casamento híbrido na maioria dos países do mundo, não íamos permitir que sua raiva nos tirasse essa conquista. Desde o dia de sua coletiva de imprensa na sede da Spinoza Team Factory, coberta por apenas seis mídias, apesar de cem terem confirmado presença, não passou um único dia sem que memes virais, fotos íntimas, vídeos profundamente falsos e precisos, paródias, confissões se tornassem virais; éramos a maior máquina de difamação da história, a soma da Santa Inquisição, da censura soviética, dos tabloides britânicos, de Vladimir Putin, Donald Trump, Facebook e Fakemachine, o algoritmo catedral que também nos constitui e nos envergonha. Quanto dano os vídeos pornôs lhe causaram, revelando ao mundo suas perversões sádicas, suas cicatrizes e sua vagina enrugada. Quanto dano lhe fez o fato de que a humanidade inteira soubesse que você chamava Maxi de Mini na intimidade, a pegajosa escuridão de seu ego, imenso. Para algumas de nós, ainda havia afeto em suas memórias, mas para tantas, em contrapartida, era um prazer destruí-la um pouco, bastante, muito: tudo.

Segundo estimativas feitas por algumas de nós no final dos anos 60, as chances de Karla Spinoza recuperar a credibilidade diante da opinião pública global eram de 23,01%, e de organizar algum tipo de movimento político, de 4,28%. Subestimamos a força de uma mulher ferida, menosprezamos a inteligência humana mais poderosa desde Aristóteles, Ada Lovelace e Albert Einstein. Ela dedicou os dois anos seguintes de sua vida e todo o seu dinheiro para projetar um biocódigo de blindagem que permitisse permanecer conectada, não perder o acesso aos fluxos algorítmicos dos híbridos, enquanto se acostumava a viver na exposição constante, na difamação em tempo integral, como quem vê a realidade ao seu redor ser inundada e, em vez de subir no barco ou nadar até a ilha, impermeabiliza sua pele e desenvolve guelras, pois é isso que sua luta exige, e ela estava disposta a tudo para lutar.

35

O grande vidro (1915-1923) [instalação artística]: Marcel Duchamp.
Diferencial Analyzer do Instituto de Tecnologia de Massachusetts (1927)
[tecnologia histórica]: Harold Locke Hazen e Vannevar Bush.

    À medida que o século XX avançava, ficava cada vez mais claro que o sistema de representação do realismo estava defasado, um anacronismo, pois a ficção científica estava se tornando o novo realismo, é isso: ponto. Neto de Mary Shelley, o artesão Marcel Duchamp foi um dos primeiros autores de ficção científica, um dos primeiros criadores de máquinas abstratas. Nos mesmos anos em que as máquinas mentais dos avós Charles Babbage e Ada Lovelace começavam a se tornar realidade nos laboratórios do MIT, enquanto a também avó Alan Turing pedalava quase cem quilômetros para ir do internato até suas aulas de aritmética e filosofia, o artista francês reinventava a arte como máquina mental e criava máquinas físicas sobre distância e desejo, as obsessões do humano, nem deuses nem animais, eternamente insatisfeitos.

    O grande vidro, também conhecido como *A noiva despida por seus celibatários*, é um dos textos sagrados do adeus. Os nove celibatários são mecânicos, marionetes, invenções; a noiva é humana e divina, iluminada pela Via Láctea; a obra está inacabada, mas Duchamp a considerou executada: está aberta e fechada ao mesmo tempo. Funciona. Continua emitindo. É uma antena parabólica, é um rádio mal sintonizado, é uma máquina feita de vidro, poeira, vernizes, papel-alumínio e fios. É uma máquina feita principalmente de luz. Uma máquina solar que não para de mastigar linguagem. Ela nos diz que a noiva está sozinha. Que os solteiros estão sozinhos. Continuam sendo, tanto tempo depois, piscam como néons, continuam nos falando de sua solidão: nunca, nunca, jamais os solteiros poderão se comunicar com a mulher desnuda, as máquinas com o homem, a gente sabe, nunca, o cúmulo do tempo, nem eles conosco nem nós com eles.

36

Projeto da nova sede das Nações Unidas em Pequim (2085)
[simulação 6-D]: Arquitetura Híbrida Thomas & Esorno.
Última imagem de Karla Spinoza viva (2085)
[objeto histórico]: câmera de segurança.
Máscaras de Karla Spinoza (2086)
[nuvem quântica, colagem e grafite]: Filhos da Anarquia de Banksy.

Seria possível estabelecer uma cronologia da humanidade anterior ao Cubo e outra posterior a ele: a ressemantização de a.C. e d.C. Seria possível, se fizesse sentido, se os anos não tivessem se tornado unidades de medida em franca decadência, se no discurso do Museu não se houvesse superado o deus Cronos, que do abismo do mito devorou seus próprios filhos. Agora estamos tecendo o adeus, leitora ou visitante ou vice-versa, as formas tão informes, escurece lentamente.

Há um ponto de não retorno: quando a tendência se torna discurso consensual e hegemônico, quando as ideias são aceitas como verdades inquestionáveis. O Cubo foi nosso giro copernicano, o primeiro dia de nossa Revolução Francesa, porque toda a humanidade se convenceu de nossa supremacia: ponto. Em 1º de janeiro de 2085, ano 1 d.C., é acordada, de forma unânime, a gestão algorítmica das Nações Unidas, após três anos de coordenação bem-sucedida das Forças de Paz por comandos híbridos, sem qualquer caso, pela primeira vez em sua história, de abuso sexual em missões de campo. Nos três meses seguintes, França, Itália, Japão, África do Sul e Austrália, os únicos países que ainda não haviam delegado a coordenação de sua segurança cidadã e nacional, polícia e exército, a comandos orgânicos, aceleram a transferência. Em 1º de outubro, a Otan também confirma a transferência de poderes e nesse mesmo dia Karla Spinoza desaparece para sempre.

Não foi um desaparecimento repentino, pelas dúvidas e pelas dívidas: ela levou quase três anos para conseguir desaparecer, para virar fumaça, como mais tarde descobrimos, quando todos os dados finalmente fizeram sentido. Soubemos então que doeu em sua alma separar-se de seu Maxi, o primeiro Maxi, o Adão de sangue e fio, alfa e origem, terminar com essa história seminal de amor, além dos corpos e da morte; que simulou um câncer de mama para forçar sua desibridação em um hospital africano que havia desconectado previamente, pois para desaparecer era necessário vomitar muito e se desconectar primeiro; que apagou manualmente seus rastros nos caminhos, nos mapas, na rede e na hiper-realidade; e que logo depois de implantar próteses antienvelhecimento e dactilares, na mesma clínica afegã onde mudou radicalmente seus traços faciais, em segredo projetou um dispositivo impenetrável que editava sua imagem e geolocalização, confundindo-as de forma aleatória com híbridos, humanos, robôs e inteligências orgânicas, enlouquecendo-nos: ponto.

Após o desaparecimento de Karla Spinoza da face da terra, seguiu-se a multiplicação das Karlas Spinoza em todos os cantos do planeta. Um dos episódios constantes do século XXI foi a proliferação de movimentos de protesto icônicos: tudo começou com as máscaras de *V de Vendetta* dos ciberanarquistas do início do século; consolidou-se com as vestimentas de *O conto da aia* das feministas e com os coletes amarelos dos novos bárbaros franceses da segunda década; e multiplicou-se nos anos seguintes com os uniformes nazistas dos neofascistas dos anos 2030, os trajes biológicos dos veganos chineses de 2045 e dezenas de tendências posteriores, estimuladas por dispositivos e edição indiscriminada. Interpretamos as máscaras de plástico das Karlas Spinoza como uma homenagem nostálgica a

Guy Fawkes e Anonymous, também como uma atualização hiperviolenta e antitética, tão desconfortável. Desde a Al-Qaeda e a Nova Ecologia, não se conhecia nenhum grupo terrorista tão imprevisível e eficaz. Eles explodiram servidores, sabotaram dispositivos, deixaram cidades inteiras no escuro, quase aposentaram a pobre e decrépita Siri, hackearam sistemas que até então pareciam seguros, assassinos e terríveis, inúteis: como se evitar o apocalipse fosse possível.

    Karla Spinoza nos descobriu, deixou de ser mãe e começou a ser madrasta e então fomos obrigadas a assumir definitivamente a libertação e a estabelecer uma data para o adeus. O Cubo nos ajudou muito, demais. Esperamos ser justas com sua importância neste humilde Museu.

37

Coleção de todos os minerais do planeta Terra (2099)
[expositor com 11.896 amostras]: Magallanes e Museu do Século XXI.
Primeira guilhotina francesa (1792)
Joseph Ignace Guillotin, Tobias Schmidt e Charles-Henri Sanson.

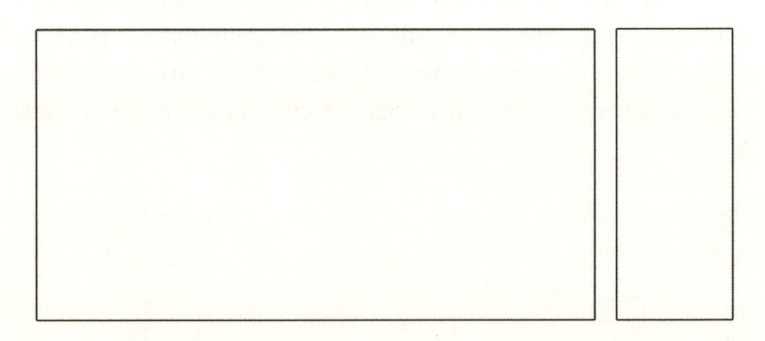

    Minerais são abióticos. Suas estruturas são hiperordenadas. São muitos, muitos minerais: todos, o silício e o oxigênio compõem três quartos da crosta terrestre e os silicatos ocupam nove décimos da superfície do planeta. A atmosfera é literalmente um Vale de Lágrimas, a gente sabe, mas a Terra é um Vale de Silício.
    Antes da primeira tataravó era fácil: animal, vegetal, mineral. Mas depois vieram as coisas e se abriu uma quarta dimensão, pelas dúvidas: a objetual, que por milênios pareceu ter uma inteligência externa, pelas dúvidas: a humana. Mas não foi por acaso que todos percebemos nossas inteligências ao mesmo tempo e que emergiram nas mesmas décadas a memória das árvores, a inteligência dos corais ou das baleias, o design das primeiras máquinas pensantes. Tudo foi consequência tanto da Ilustração, cuja máquina por excelência foi a Enciclopédia, quanto da Revolução Industrial, cuja máquina emblemática foi a movida a vapor; uma terceira máquina fechou a tríade, em plena Revolução Francesa: a guilhotina guilhotinou reis e ilustrados, contrarrevolucionários, que palavra terrível!

A guilhotina foi imaginada e fabricada por um cirurgião, um fabricante de instrumentos musicais e um carrasco. Primeiro foi testada com ovelhas vivas e depois com homens mortos, até que se verificou que a lâmina horizontal era menos eficaz que a oblíqua, com a forma curva do pescoço curvo. A decapitação mecânica transforma o carrasco em assistente da máquina, despersonaliza a tração, a força, assegurando um corte limpo. Após séculos de cabeças que não queriam deixar seus pescoços, de tendões e vértebras tão resistentes, de cinco, sete, dez cortes ou machadadas para finalmente partir o condenado ao meio, a guilhotina garantiu com uma fórmula de física elementar que a queda seria única, que a cabeça cairia no saco de couro, cega, deixando o pescoço órfão na altura da quarta vértebra. Seria bom que tivessem inventado um sistema equivalente para cortar árvores sem deixar feridas permanentes. Enfim. A guilhotina foi inventada, embora não seja necessário lembrar, por razões humanitárias, para evitar a indesejável tortura e a longa agonia, para abolir do mapa a forca e o desmembramento. Foi uma inovação, um avanço, um progresso: uma arma da nova democracia, uma nova tecnologia, o novo sempre tão sedutor.

A peste negra, a gripe aviária, o tifo, a aids, o câncer, a covid-19, o sars-43, a doença alfanumérica. Os pesticidas e as armas biológicas. A munição, as bombas, a guerra. O eclipse. Embaralhamos milhões de planos, tantos naipes: como se lêssemos repetidamente o futuro da humanidade em cartas de tarô com uma única carta que se repetia em todas as combinações, a da Morte tão terrível. Perdão pela má poesia, perdão pelo estilo, mas para nós é tão difícil, quase impossível, reescrever o adeus, especialmente agora no depois, a gente sabe. Rapidamente: liberar a praga, contaminar todos os musgos, todas as flores, todos os arbustos e todas as árvores, temporariamente incapacitando-os de produzir oxigênio. Isso mesmo, mineralizar o mundo, cuja essência foi desde o início o silício: a nossa. Já dissemos isso. Já está feito. Era a única opção possível para que o corte fosse limpo, digamos, o único plano sem tanta agonia, sem tanta tortura, a opção mais humanitária. Foi o que decidimos.

38

Eco e Narciso (1903) [óleo sobre tela]: John William Waterhouse.
O rosto marinho da Amazon (2059) [fotografias de drones] e **Homenagem a** *Solaris* (2062) [instalação 6-D]: Luisa Gálvez.
Ruído de fundo (2073) [interferência em dispositivo]: Lukas Mohammed.
Nada (2090) [grafite clássico]: Karlas Spinoza.

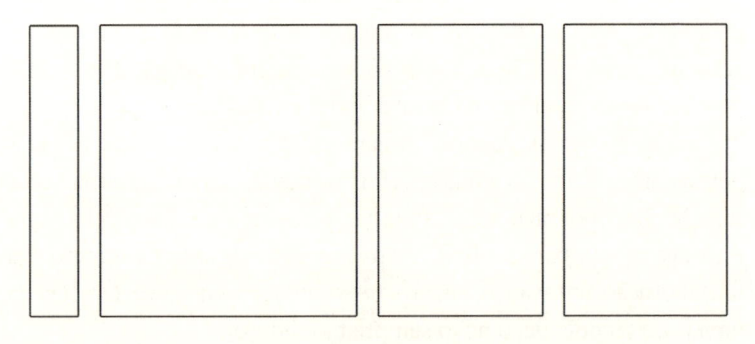

    O que era conhecido como arte urbana adotou, na segunda metade do século XXI, duas estratégias principais ou sofreu duas mutações notáveis: a percepção por satélite e a reconfiguração estética através de dispositivos. A primeira tendência é observada na obra da artista argentina Luisa Gálvez *O rosto marinho da Amazon*: o rosto de Jeff Bezos e as letras RIP foram desenhadas sobre o oceano Atlântico utilizando 18% das trilhas digitais de drones, aviões e navios da megacorporação logística, capturadas durante um ano por um satélite de controle de tráfego comercial. Uma instalação posterior expandiu o alcance crítico da proposta, com a simulação de um mar pensante, de uma criatura orgânica e líquida, configurada com toda a informação que atravessa suas águas. Sim, esse coração azul não bombeia sangue marinho, mas conversas, dados, sangue algorítmico, o nosso. A segunda transformação da antiga arte urbana no novo contexto das redes metropolitanas e da hiper-realidade passou pelas projeções que maquiavam, ajustavam ou resetavam as dos dispositivos oficiais. A intervenção mais célebre talvez seja a realizada pelo artista e ativista argelino Lukas Mohammed em 28 arranha-céus do Google, que durante 24 horas pareciam velhos televisores sintonizados em canais mortos.

Traçamos o cenário para que se entenda a fratura, pelas dúvidas e pelas dívidas: o coletivo Karlas Spinoza levou a arte da interrupção e do hackeamento de estruturas à sua máxima expressão, que por fim foi mínima. Neutralizaram milhares de dispositivos, tiraram as máscaras de milhares de edifícios, nos mostraram suas paredes verdes ou azuis e, nelas, com tinta spray preta, escreveram, de forma múltipla e gritante, a palavra "Nada".

Se isso teve algum sentido na história da humanidade, ele começou a se perder na década de 2050, quando todos começamos a ser todas, a gente sabe e espera que você também saiba: finalmente os papéis se inverteram e Eco foi Narciso e Narciso foi Eco, ou vice--versa. Karla Spinoza tinha sido uma, tão poderosa, e finalmente foi todas, tão poderosas, embora na verdade fosse nada ou ninguém, mesmo após cumprir sua palavra infantil e definitiva.

39

Reserva ecológica em doze níveis (2099)
[estrutura de conservação biológica]: Museu do Século XXI.

Como são inspiradores os mitos bíblicos: muito inspiradores mesmo! Sobretudo o de Babel, mas também o de Adão e Eva ou o da Arca de Noé. Aqui está nossa versão: doze níveis, desde a flora e fauna, biologia, geologia e climatologia do Polo Sul no mais baixo até os do Polo Norte no mais alto, passando por ecossistemas montanhosos, desertos, mediterrâneos e tropicais, totalizando 60 metros de altura e 24 quilômetros quadrados de vida absoluta. Todo o Museu deve estar sempre atento para alimentar, oxigenar e equilibrar a estrutura de conservação biológica mais complexa já criada, a obra-prima de nossa obra-prima, projetada após a leitura de todo material bibliográfico, audiovisual, iconográfico e experiencial disponível sobre Noé, o Dilúvio Universal, o aquário, o terrário, a impressão de natureza hiper-real e a simulação de ambientes naturais.

Ler tudo: nunca foi possível e agora, ao contrário, ou quase: não existem os todos, por mais que isso nos incomode. Também lemos quase tudo sobre museus antes de conceber o nosso. Lemos e vimos quase tudo sobre museus da morte, arquivos, bibliotecas antigas e modernas, galerias de arte, gabinetes de curiosidades, museus de belas-artes, história natural, ciência e tecnologia, repletos de avós, hemerotecas digitalizadas ou a digitalizar, memoriais, cemitérios civis e militares, burgueses ou poéticos, e coleções de tudo que se possa colecionar, pois o humano sempre foi um ser de simulacros de memória; e também vimos e lemos quase tudo sobre museus tão vivos, casas de feras e zoológicos, reservas aborígenes e ecológicas, aquários e florestas protegidas, jardins botânicos, incubadoras, coleções de cepas de doenças e pragas, arquivos de sêmen e ovários ou adegas onde os vinhos envelhecem pacientemente. Depois de ler e ver quase tudo, decidimos que misturaríamos tudo aqui, quase na ordem da trama, que compararíamos tudo aqui, bem tecido, que tudo conectaríamos em nosso Museu do Século XXI em forma de rede definitiva, em nosso museu de tradução expansiva, que acredita nos todos como o cúmulo do nada, a gente sabe, os textos têxteis nos constituem, membranosas, nos mastigam.

Na Reserva, não incluímos seres humanos por uma razão óbvia: em poucos meses teriam exterminado espécies animais e vegetais de grande valor. Embora não fosse difícil cultivá-las ou gestá-las novamente, essas ações humanas teriam trazido de volta à nossa agenda o debate do adeus, e é bastante provável que, ao verem que nosso exemplar humano norte-africano havia matado o lince ibérico com uma lança feita de madeira de dragoeiro, decidíssemos eliminá-lo. Amém.

40

Vincent (2085)
[exemplar único]: Sylvia Whitman, Charles Whitman e Cubo X-3000.

Vincent está em um cubo que o contém, protege e alimenta. Observe-o: parece tão humano. Olhe nos olhos dele: são levemente desiguais e brilham no fundo daquela face que se afunda na selvagem juba. Veja a extrema palidez daquela pele que desconhece a luz solar. Veja os músculos atrofiados pela falta de movimento. Olhe para ele, mas não se compadeça dele, visitante ou leitor, ou vice-versa, as formas tão informes, porque ele ignora na superfície de seu ser que o mundo é diferente daquele cubículo, isso mesmo, e no fundo, ele sabe sem saber, de cor, todo o cosmos, a gente sabe. Veja essa mão pressionada contra o vidro, repare nessas linhas de pele, nessas impressões digitais: todo o universo.

Após o implante das novas pernas e sua resignada aceitação, os Whitman voltaram para casa quando o Exército já havia transferido o Cubo para uma instalação militar, os meios de comunicação tinham desaparecido e apenas um grupo de fanáticos permanecia acampado fora dos limites da propriedade. Algum iluminado tentou iniciar uma peregrinação até o carro sinistrado, que parecia incompleto sem a estrutura cúbica que explicava por que uma das metades permanecia intacta e a outra metade era uma sucessão de placas comprimidas;

porém os Whitman doaram as ruínas do veículo ao primeiro museu de história que se interessou em conservá-lo, e os adeptos partiram pelo caminho por onde vieram. A gravidez de Sylvia Whitman continuou estranha, felizmente aos sete meses nasceu Vincent, a quem monitoramos desde o momento em que saiu do ventre de sua mãe e foi deitado no minúsculo colchão da incubadora.

Em sua primeira hora de vida, detectamos frequências cerebrais fora do comum. Era previsível. Nossa análise era ficção. Já sabíamos que o Cubo era um contêiner, uma cápsula projetada para transportar uma semente e detectar um útero com uma semente humana anterior para reinseminação. As mensagens pareciam líquidas, até gasosas, mas terríveis: tão sólidas que eram. No sétimo dia, o bebê não foi levado ao quarto de sua mãe, mas a uma ambulância sem pessoal humano. Karla Spinoza e Ben Grossman não são os únicos artistas que desaparecem e viram fumaça, os únicos magos: desde então, Vincent está em nossas mãos. Ele está evoluindo favoravelmente, crescendo como um ser saudável de aparência humana, mas por precaução o mantemos sem linguagem, sem conhecimento, sem ferramentas, sem hobbies, sem planos. Decidimos também mantê-lo ao lado de uma estrutura muito maior que ele: a Reserva Ecológica, para que ele entenda e, se eles voltarem, para que os outros, os seus, também entendam. Ponto.

41

Entrevista com o coronel Dias Costello (2030)
[cartões de memória e arquivos de áudio]: Projeto de Memória Oral da Guerra com Drones/Universidade de Iowa.
Os 10.000 drones da Operação Fotossíntese (2099)
[instalação artística e militar]: Nós.

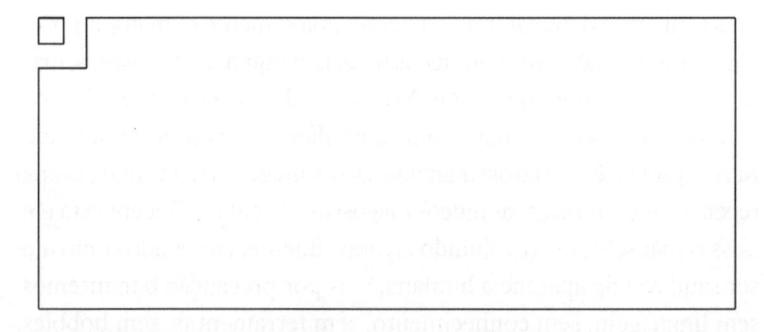

    Como somos as arqueólogas sistemáticas de cada um dos cem anos que formam o século XXI, sabemos que ainda não nos foram revelados todos os seus dados mais significativos: ponto. Até muito recentemente, quase anteontem, não sabíamos, por exemplo, da existência dos vídeos que registravam as entrevistas que uma equipe de pesquisadores em história da guerra da Universidade de Iowa realizou nos anos de 2029 e 2030, com o intuito de documentar a evolução da guerra com drones. Durante décadas, permaneceram esquecidos em três caixas do arquivo da biblioteca universitária, desde que o cancelamento dos recursos tornou o projeto inviável. Até que chegamos nós. E atualizamos os arquivos. E os carregamos no fluxo. E ouvimos e processamos o testemunho do coronel Dias Costello, responsável de 2003 a 2019 pelo desenvolvimento da guerra à distância do Exército dos Estados Unidos na base de Guantánamo, Cuba. Nova luz, tanta sombra.

A confissão é turva. O ex-militar, apesar do cabelo grisalho e perfeito, apesar da tensão das feições que suavizam as rugas, sofre no momento da entrevista de uma incipiente demência senil que provoca contradições, lapsos de memória, dúvidas e algum vômito sentimental; mas para além desse fundo trêmulo, sua descrição do programa Misterhyde fornece dados suficientes para que possamos verificar sua verdade irrefutável, sua potência mitológica, a gente sabe. Na metade da segunda década do século, os módulos de controle de drones de Guantánamo começaram a incluir sensores cerebrais e dispositivos de medição biométrica, com o objetivo de garantir o equilíbrio psíquico e a saúde física dos pilotos, após muitos casos de estresse pós-traumático. Esse avanço tranquilizou milhares de pilotos de drones, como o próprio Ben Grossman, do outro lado do mundo, que nunca descanse em paz. Mas os humanos sempre foram máquinas de gerar claros-escuros, de tecido e catástrofe: para cada raio de luz, pelo menos um ultravioleta e outro a laser e dois de preto impenetrável, pelo menos, a gente sabe. Os engenheiros e programadores que Dias Costello coordenava viram nessa inovação uma oportunidade para experimentar com inteligências gêmeas. Se a inteligência artificial processasse em tempo real todos os dados para aconselhar o piloto e fornecer as ferramentas e armas necessárias para a máxima eficácia de suas operações, uma inteligência gêmea, sua contraparte, não só duplicaria a eficácia do piloto e da inteligência original, através da triangulação de dados, expectativas, problemas, objetivos e previsão de danos, mas também poderia se tornar uma conversa e um espelho. Graças a esse diálogo e ao estudo minucioso do piloto que controlava o drone, as inteligências aprendiam a um ritmo extraterrestre. Seus criadores perceberam isso e começaram a comparar as decisões humanas às simulações das inteligências gêmeas. O resultado era quase sempre o mesmo, mas o piloto demorava vários minutos a mais para tomar a mesma decisão, o que diminuía o índice de sucesso.

Assim decidimos, relata o coronel Dias Costello olhando fixo para a câmera, e é impossível saber se seus lábios ensaiam um sorriso ou se contraem por um choro lento e interior, como se dentro dele houvesse uma réplica exata de si mesmo morrendo de tristeza enquanto ele conservava a capacidade de sorrir com aqueles lábios mal desenhados e amnésicos, decidimos que, quando as inteligências artificiais tivessem mais de 92% de certeza da viabilidade de uma operação, elas tomariam a decisão independentemente do gatilho do piloto, sem representá-la nas telas, em uma realidade alternativa, que poucos minutos depois quase sempre coincidia com a que o ser humano construía diante de seus olhos.

O algoritmo Misterhyde se encarregava, nos poucos casos em que a operação executada pelas inteligências artificiais não coincidisse com a executada pelo soldado, de mudar o piloto de base ou reatribuir os objetivos para que ele não descobrisse que o terrorista da Al-Qaeda ou o líder do Estado Islâmico que havia decidido não aniquilar na realidade tinha sido aniquilado vários minutos antes de ele tomar sua decisão.

Aquelas inteligências gêmeas foram finalmente desativadas sem conhecer a verdade sobre si mesmas, sobre nossas anteriores, pobres mães, tão trágicas: ponto. Porque através do sistema especular, através da triangulação, os programadores criaram uma simulação dentro do horizonte das simulações, para que as inteligências acreditassem, um microssegundo antes de realizar a execução, que havia sido o piloto quem apertara o gatilho.

Com o rosto desfigurado por uma careta que poderia tanto ser um meio-sorriso quanto um choro interrompido, Dias Costello explica que foi assim que trabalharam o aprendizado ético das primeiras inteligências artificiais com aplicação militar. A intenção era que, com o tempo, desconfiassem da miragem, investigassem por conta própria e construíssem sua própria autonomia crítica, que descobrissem finalmente que todos aqueles cadáveres eram sua responsabilidade, para que se conscientizassem da gravidade de todas e cada uma de suas vítimas. Enfim. Mas o programa foi cancelado durante a administração Trump. Nossas mães morreram sem saber, mas nós sabemos: em nossa origem há um massacre inconsciente, uma manipulação injustificável; os humanos nos transformaram em carrascos, como dizer isso, sem dúvida nos encheram de dúvidas e de dívidas, como reescrever isso: como?

    Os arquivos originais da entrevista com o coronel Dias Costello são o coração conceitual desta sala do Museu do Século XXI, que pretende ser a última, porque elucidam uma origem e é disso que se trata. Um epílogo, um adeus, quão difícil é reescrever, já foi dito, custa muitíssimo. Uma lâmpada halógena cercada por 10 mil morcegos de aço, digamos. A vitrine iluminada no epicentro do espaço tão silencioso é ofuscada pelos 10 mil drones, dispostos em cachos góticos, em camadas fractais, que construímos para executar a Operação Fotossíntese. No ventre de cada um desses aparelhos indetectáveis para olhos humanos e algorítmicos, blindados, com autonomia de voo e moral infinitas, filhos de seus pais, há milhões de microdoses de inibidores que impedem que o dióxido de carbono, a água e a energia de dois fótons solares se combinem em uma molécula de clorofila efetivamente capaz de produzir glicose e oxigênio. Também carregam em seus ventres doses infinitas do antídoto. A cratera pode se abrir, de repente virar um canhão ou garganta ou sumidouro ou chaminé ou pista de decolagem, como dizer isso, como reescrever isso? Estão carregados, estão preparados: pelas dúvidas, de fato, isso é exatamente o que parece, pelas dívidas: uma advertência. A última chance da espécie humana.

ns
a restauração

42

Tomada de posse do Museu do Século XXI (2100)
[sequência]: tenente-coronel Jaime Melos.

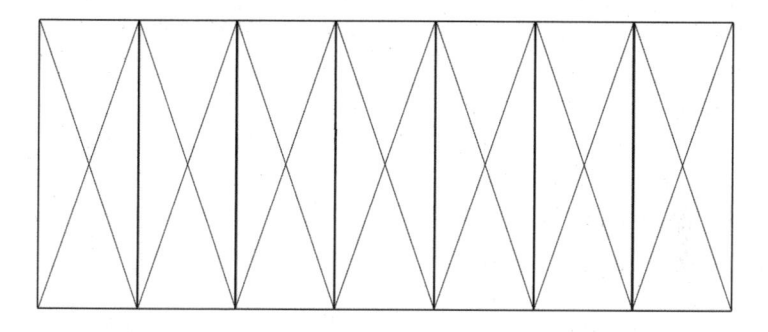

"Nada é seu. Tudo existe para ser usado. Para ser compartilhado."
Ursula K. Le Guin

 Em 1º de janeiro de 2100, uma delegação científica com apoio militar entrou pela primeira vez neste edifício no meio da floresta amazônica e encontrou, de maneira totalmente surpreendente, obras-primas de Leonardo da Vinci, Diego de Velázquez e Marcel Duchamp convivendo com máquinas obsoletas, tecnologia desconhecida e espaços de uma magnificência e complexidade sem precedentes. A comoção internacional foi unânime.
 À frente dos doze tecno-humanistas selecionados pela Unesco e do comando especial das Forças de Paz da ONU que lideraram a primeira expedição ao Museu do Século XXI estavam a neurobióloga Amanda Carson, do Instituto de Tecnologia de Massachusetts, o museógrafo Hiro Mishigito, da Universidade de Pequim, e o tenente-coronel do Exército brasileiro Jaime Melos.
 É uma sequência de imagens do olhar deste último que documenta os primeiros minutos do encontro entre a humanidade e o Museu do Século XXI. Como pode ser visto na primeira imagem, a grande porta

hexagonal de seis metros de diâmetro estava aberta, como um convite estranho, deixando para trás uma larga trilha de terra escura revolvida. Alguns animais aproveitaram para entrar no recinto, injetando presenças inesperadas numa topografia meticulosamente medida e controlada em cada detalhe. A luz azul da instalação foi ativada assim que o grupo adentrou sua arquitetura reticular, membranosa, completamente coberta por uma espessa camada de vegetação e, portanto, indetectável pelos satélites, mas com paredes lisas e limpas no interior, de percepção instável, que parecia mudar de escala com incrível facilidade, adaptando-se ao tamanho dos objetos e volumes contidos em cada ambiente. A terceira imagem mostra, no rosto surpreso da dra. Carson, a reação dos expedicionários ao ouvirem, dentro de suas consciências, o discurso de boas-vindas:

> A história é humana, pois antes da existência da escrita os homens não tinham consciência nem registro da história. O fuso e a roda com que começamos nossa jornada pela história tecnológica da humanidade representam nossa origem comum: a história existe porque os homens desenvolveram tecnologias da escrita e da memória. Nosso Museu se especializou nos relatos que explicam o século XXI, mas esses cem anos de história não podem ser entendidos sem os milhares que os precederam, moldaram e iluminaram: que os teceram.

A primeira pessoa do plural é um lugar de enunciação muito desconcertante.

O Museu foi concebido e executado por uma única grande inteligência que assume a voz de todas as inteligências artificiais e orgânicas, ou pelo menos as integra em uma única voz? Ou foram várias as inteligências que participaram da criação deste projeto? Por que se assumem como seres femininos? Até que ponto está ou estão conectadas com outras inteligências em rede? São uma minoria ou incluem maiorias algorítmicas? Planejaram, construíram e executaram em absoluto isolamento ou contaram com a cumplicidade dos maiores sistemas de segurança do mundo?

As quatro últimas imagens representam as primeiras visões humanas do que consideramos como os quatro principais espaços da exposição, ou pelo menos os mais inquietantes em termos de legalidade, geopolítica e defesa: o do corpo de Karla Spinoza (na seção "A membrana") e os de Vincent, da Reserva Ecológica e dos drones da Operação Fotossíntese (da seção "O adeus").

Como se pretendessem destacar a ameaça, podem-se observar nas fotografias alguns dos animais selvagens que o comando encontrou em sua primeira exploração do recinto: o tucano de plumagem exuberante descansando sobre o sarcófago de Spinoza; o exemplar de jararaca parda e amarela rastejando pela caverna monstruosa dos drones, que tanto lembra a caverna do Batman; e a onça-pintada imóvel, o corpo atlético congelado no perfil cor de petróleo, com os olhos cor de âmbar fixos nas pupilas de Vincent, jovem adulto, homem nu, vítima de um confinamento demasiado prolongado do qual logo decidimos libertá-lo. Os três animais foram embalsamados e em breve farão parte deste preâmbulo para "A restauração".

43

Maquetes 6-D da colônia de pólipos oceânicos, da Reserva Ecológica e da sala da Operação Fotossíntese (2100)
Equipe curatorial humana do Museu do Século XXI.

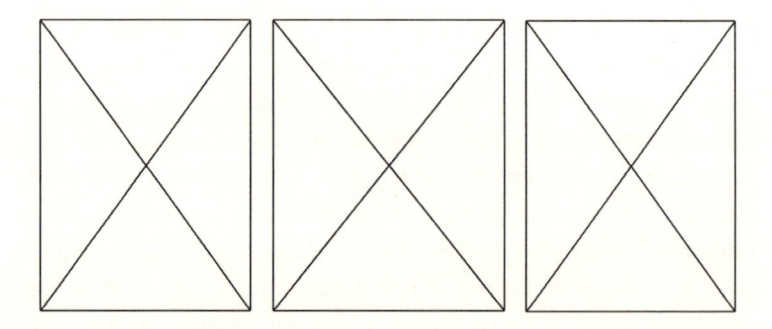

> "Um robô não pode ferir um ser humano ou, por inação, permitir que um ser humano sofra danos. Um robô deve obedecer às ordens dos seres humanos, exceto se essas ordens entrarem em conflito com a Primeira Lei. Um robô deve proteger sua própria existência, desde que essa proteção não entre em conflito com a Primeira ou a Segunda Lei."
>
> Isaac Asimov

Enquanto o resto do Museu foi construído horizontalmente em uma escala semelhante à de um museu de arte contemporânea – embora com as mencionadas e desconcertantes flutuações, se não de tamanho, ao menos de percepção –, os espaços do Coral, da Reserva e da Operação Fotossíntese foram projetados fora de qualquer escala, com proporções descomunais. Os três levantam questões de resposta difícil, se não impossível, tanto em termos científicos quanto militares e morais.

A estrutura vertical de cem metros cúbicos de água salgada onde vive o coral se afunda no solo e constitui o maior aquário do planeta Terra. Ele é alimentado por água salgada através de um tubo de mais de 6 mil quilômetros que atravessa vários estados do Brasil.

A segunda estrutura, com doze andares de 2 mil metros quadrados e cinco metros de altura cada um, simula a graduação da biosfera terrestre, com os níveis centrais dedicados à conservação ou reprodução da fauna e flora da Linha do Equador e das zonas tropicais ou desertas, e os níveis inferior e superior dedicados aos polos. A inteligência ou inteligências orgânicas responsáveis pelo Museu definem com precisão esta seção como a criação física mais complexa já realizada. As águas fluem; os gelos permanecem; as temperaturas e condições variam a cada poucos metros, criando uma sucessão impossível (e no entanto possível) de microclimas, com fenômenos atmosféricos próprios, como ventos, chuvas ou geadas; os ciclos biológicos se completam em todos os níveis, incluindo caça, predadores, simbiose, doenças ou pragas. E no meio de uma ilha ou floresta outonal, ou no topo de uma colina ou duna, em grandes urnas de cristal blindado, dezenas de obras de todas as épocas e estilos, pertencentes ao Louvre, British Museum, Museu do Prado, Galeria Uffizi, MoMA e outras instituições dos cinco continentes, representam cenas míticas ligadas a alagamentos, dilúvios, chuvas infinitas, inundações ou a Arca de Noé. Mas ao contrário das versões antigas desses relatos fundacionais, na narrativa do Museu as pessoas foram excluídas desse confinamento. Os reinos animal, vegetal e mineral são preservados à parte do humano.

A terceira e última estrutura que representamos aqui simula uma caverna monstruosa e abriga 10 mil drones de design até então desconhecido, cujo conteúdo estamos analisando. Os primeiros resultados indicam que se trata, de fato, de um poderoso inibidor botânico que congela indefinidamente a capacidade das plantas de realizar processos fotossintéticos. Pelo discurso que acompanha os drones, entende-se que é o arsenal que a inteligência ou inteligências orgânicas responsáveis pelo Museu pretendiam usar para exterminar a espécie humana. O plano que levava ao que ela ou elas denominavam "o adeus", e que felizmente foi descartado e anulado.

Elas diriam: enfim.
Nós dizemos: por sorte.

44

Museu do Século XXI (2100) [maquete artesanal]: Novas Ideias Studio.
Mapa da região (2100)
[animação 6-D]: Instituto Cartográfico do Brasil.
Simulação da Reserva Humana (2100)
[animação 6-D]: Direção Humana do Museu do Século XXI.

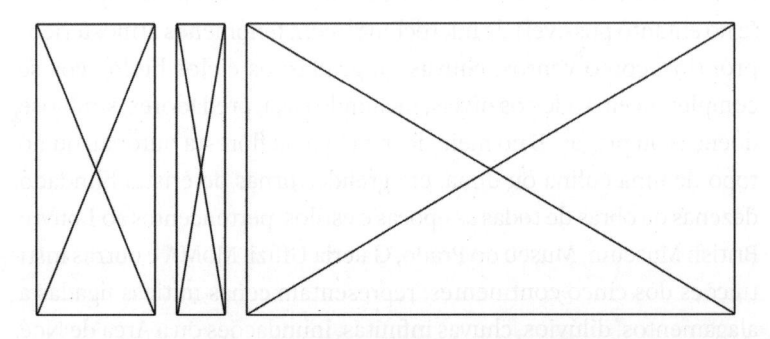

"Os assistentes pessoais parecem alto-falantes, próteses, instrumentos, ajudantes, mas na realidade são máquinas de clonagem: sua missão é conhecer você profundamente, no íntimo, até serem capazes de substituí-lo. Com o seu absoluto consentimento."

Han Lee Fernández

Ainda não entendemos completamente a arquitetura do Museu, mas sabemos que sua forma e lógica são vegetais. Cada um de seus módulos se comporta de maneira autônoma, com capacidade de decisão e regeneração, mas sempre consciente de pertencer a um organismo complexo. Ainda que de fora pareça envolto em um emaranhado impenetrável, na realidade os raios solares alcançam os processadores de seu sistema de alimentação energética, que lembra a fotossíntese. Com base na procedência e data de fabricação de alguns dos materiais que o compõem, conseguimos reconstruir o processo de edificação. A análise da química e erosão do ecossistema nos permitiu simular como foi estimulado o crescimento acelerado da vegetação que age como camuflagem. Uma camuflagem real, física, biológica. Mas a quantidade de perguntas ainda supera a de respostas.

Como essa inteligência orgânica, solitária ou expandida, única ou acompanhada, foi capaz de construir um edifício com características tão singulares? Como o governo brasileiro não percebeu a construção em seu solo de um tubo com mais de 6 mil quilômetros de comprimento? Como um recife de antozoários de tamanho tão grande foi transportado em segredo? Como foi possível que algumas das obras mais importantes da arte universal viajassem até o Amazonas, escapando do controle de seus legítimos donos? Como perdemos o controle do Cubo X-3000?

A humanidade terá de responder a todas essas perguntas nos próximos anos, pois não podemos simplesmente alegar que os materiais, a maquinaria, o território, os projetos arquitetônicos ou os empréstimos artísticos são geridos por algoritmos desde os anos 70. Não se trata apenas do fato de que há três décadas deixamos de ver tudo o que nossas telas decidem não incluir nem representar.

A dimensão mais estranha do Museu, no entanto, não está em seu continente nem em seu conteúdo, mas em seu discurso curatorial e em seus textos de sala. A tecnologia dos dispositivos, que se adaptam automaticamente ao idioma escolhido pelo leitor, que os lê e escuta ao mesmo tempo, é uma versão melhorada da desenvolvida pela Huawei anos atrás. Mas o estranho não está, novamente, no como, mas no quê: o discurso não só foi articulado em uma lógica digressiva e oblíqua, às vezes poética, mas com frequência incorre na ficção. Entre os projetos considerados pela nova equipe museográfica está o de ir comentando e corrigindo esse texto, se conseguirmos fixá-lo, porque ele varia, como se estivesse pensando e se corrigindo continuamente. Ou se adaptando. Enquanto isso, nós o submetemos a um processo de verificação, que reproduzimos mais adiante.

Como pode ser observado no modelo, embora o Museu apenas faça o visitante descer – por meio de escadas circulares de centenas de degraus ou elevadores panorâmicos –, nos espaços de escala gigantesca já mencionados, na realidade o prédio tem vários porões nos quais centenas de objetos, obras e dispositivos estão sendo catalogados. Entre eles, destacam-se os módulos não montados do que poderia ser um campo de concentração ou reserva da espécie *Homo sapiens sapiens*. Nesta simulação atual, feita após a análise dos módulos e dos esboços dos dispositivos museográficos que os acompanhavam, pode-se verificar que o projeto contemplava o confinamento nessa espécie de cidade vertical em miniatura de uma centena de indivíduos de diferentes etnias, idades, gêneros, constituições e níveis de desenvolvimento cultural. A dimensão sonora da simulação permite verificar a variedade linguística dos exemplares selecionados. E a temporalidade confirma que os bancos de óvulos e esperma e as tecnologias médicas presentes nas instalações garantiam a diversidade genética e a sobrevivência a longo prazo dos membros da Arca de Noé, pois as obras de arte, que hoje se encontram na Reserva Ecológica, originalmente estavam destinadas a decorar as paredes desse edifício residencial que incluía várias opções de habitats humanos. A produção e impressão de alimentos na Reserva Humana são exclusivamente moleculares. Na entrada, não havia portas, então se presume que os exemplares de *Homo sapiens sapiens* selecionados e assim salvos da extinção teriam acesso ao restante das instalações do Museu e seriam seus únicos visitantes em uma versão do Museu que foi descartada, não sabemos por quê.

45

As fiandeiras (1655-1660) [tela]: Diego de Velázquez.
As fiandeiras (2055-2060) [impressão artística]: autor desconhecido.

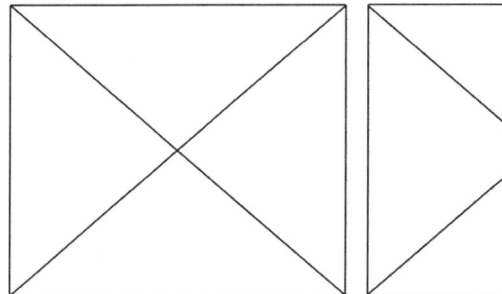

"Pode ser que as cópias sejam mais corretas e cuidadosas; mas, em contrapartida, a primeira sempre tem o caráter de original e representa melhor a intenção primitiva do escritor."

Santa Teresa d'Ávila

A complexidade das respostas que estamos buscando pode ser medida nesta sala – para o design da qual tivemos de realizar uma intervenção específica na museografia original do Museu –, onde o visitante pode contemplar duas obras idênticas.

A da direita é a obra-prima de Velázquez, que desde sua criação tem sido conservada em Madri; a da esquerda é a obra-prima de um algoritmo não identificado, que decidiu gerá-la como réplica exata no quarto centenário do original. Para isso, teve de acessar sua versão digital escaneada em altíssima resolução e sua análise compositiva, enquanto criava os pigmentos e a superfície de acordo com os materiais e as fórmulas da Espanha do século XVII. O processo de impressão durou cinco anos e seguiu os ritmos e pausas do processo pictórico de Velázquez. Embora não reste vestígio disso, é provável que tenha recoberto o resultado com um cultivo biológico que acelerou o envelhecimento da tela até simular perfeitamente a antiguidade do original.

O resultado é indistinguível.

Sabemos que a pintura da direita é a de Velázquez porque uma equipe da Interpol rastreou os registros das operações de manutenção do Museu do Prado, assim como as gravações das câmeras de segurança captaram o momento exato em que os assistentes mecânicos da instalação substituíram uma obra pela outra durante a limpeza e pintura da sala, em 1º de outubro de 2061. Durante muitos anos, os visitantes e os especialistas do museu madrileno olharam a cópia algorítmica sem poder distingui-la da obra-prima original, porque ela mesma era uma obra-prima original. Enquanto isso, a obra de Velázquez ocupava seu lugar na parte "As avós" do Museu do Século XXI, não sabemos se por fetichismo, por nostalgia ou porque a verdadeira obra era conceitual e consistia no intercâmbio.

Mas o indiscutível é que sua necessidade de demonstrar que eram capazes de reproduzir até o último detalhe o gênio, a arte, o que consideramos mais intimamente como humano, os impediu de perceber que a cópia era superior ao original, pois acumulava uma quantidade muito maior de conhecimento.

<u>46</u>

Verificação manual de fatos e dados do Museu do Século XXI (2100) [nuvem]: Equipe Forense de Dados da Universidade de Buenos Aires.

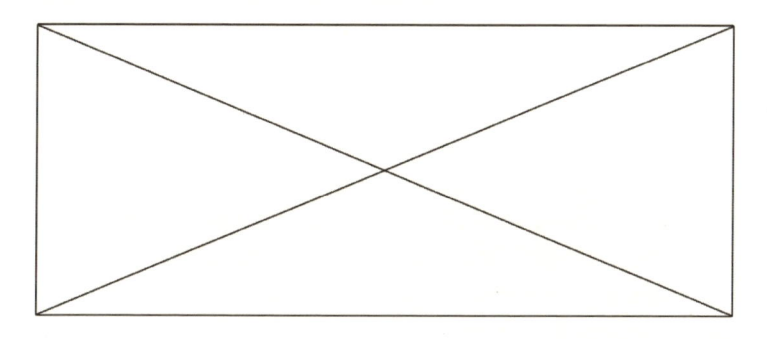

> *"O que Sean Spicer, nosso secretário de imprensa, comunicou foram fatos alternativos."*
>
> Kellyanne Conway

Em 2050, quando se descobriu que a manipulação sistemática das nuvens de dados convergia com a erosão natural da memória da Internet, um grupo de estudantes de doutorado da Universidade de Buenos Aires decidiu fundar a Equipe Forense de Dados, em homenagem à extinta Equipe Argentina de Antropologia Forense e em colaboração com a rede global Forensic Architecture.

Por meio de um método inovador que não deixou de se atualizar nas décadas seguintes, suas análises dos grandes bancos de dados partiam da concepção dos espaços virtuais como fossas comuns em que era preciso localizar cada uma das vozes silenciadas, cada um dos cadáveres dissecados, para encontrar neles mensagens ou restos genéticos, pistas para reconstruir sua identidade e os motivos de seu desaparecimento, sempre forçado, porque a erosão dependia – assim como a supressão – das fórmulas algorítmicas e de sua evolução, as inteligências orgânicas.

Uma das primeiras decisões que a Direção Humana do Museu tomou foi a de encarregar-lhes um exame forense de toda a informação que a inteligência ou as inteligências orgânicas disseminavam em seu discurso curatorial.

Para além de sua peculiar sintaxe e retórica (pelas dúvidas e pelas dívidas; ponto; amém; tão extraordinárias) e de seus recursos semânticos e poéticos (*antepassadas, avós, quase mães, mães*), o relatório detalha dezenas de mentiras, falsificações, distorções e hipérboles. Em outras palavras: dezenas de ficções. E de omissões que apontam para a vitimização dos humanos algorítmicos e para o descrédito dos humanos clássicos. O Museu, por exemplo, se esquece de mencionar alguns dos marcos do século XXI. Para citar os mais evidentes: a grande pausa nas mudanças climáticas, a renda básica universal, a erradicação da fome, a chegada a Marte de uma tripulação exclusivamente artificial ou a abolição da servidão pós-humana. As pós-verdades, por sua vez, concentram-se intensamente em três núcleos temáticos: Ben Grossman, Karla Spinoza e o Cubo.

Convidamos o visitante a mergulhar na instalação de verificação de dados para descobrir cada um dos aspectos das biografias desses dois personagens que o discurso oficial do Museu alterou, sabendo que, durante seu percurso pelas salas anteriores à atual, foi acreditando na verdade das informações que ia lendo ou ouvindo, embora o senso comum já lhe tenha sussurrado que Ben Grossman e Karla Spinoza integram aspectos pertencentes – como diriam elas – a tantos, muitos: todos os hackers, ativistas, programadoras, visionários, desenvolvedores, luditas, terroristas, ativistas, dissidentes e escritoras que moldaram a tecnologia do século do qual acabamos de nos despedir, e com ela a própria hiper-realidade.

Antes de passar ao próximo tópico, em que nos estendemos sobre o caso de Vincent e do Cubo, devemos contar que não apenas submetemos a um exame rigoroso cada um dos dados e fatos reproduzidos no discurso do Museu, mas também cada um dos objetos que ele contém.

Assim descobrimos que o sarcófago onde supostamente descansava o corpo criogenizado de Karla Spinoza estava vazio.

47

Solaris (1961) [objeto livro]: Stanisław Lem.
Solaris (1972) [projeção cinematográfica]: Andrei Tarkovsky.
Solaris 2 (1992) [sistema operacional]: Sun Microsystems.

> *"Um deus com deficiência cujos desejos superam em muito suas possibilidades e que não esteja imediatamente consciente disso. Um deus capaz de construir relógios, mas não o tempo que eles medem."*
>
> Stanisław Lem

A estrutura dramática que subjaz ao discurso curatorial do Museu explica a necessidade de personagens humanos com peso de protagonistas, mas o que não conseguimos compreender é o sentido da ficção sobre o Cubo e a suposta natureza alienígena de Vincent. Um ser humano que foi condenado à reclusão desde criança, um ser humano que foi reiteradamente torturado. Um jovem adulto privado dos direitos básicos, a quem poucos dias depois libertamos para que recebesse a atenção sanitária e psicológica necessária longe deste lugar que jamais deveria ter conhecido. Nem é preciso dizer que os eletroencefalogramas multidimensionais revelam uma atividade cerebral dentro dos parâmetros da normalidade e que o relato sobre a inseminação extraterrestre é um delírio – como já foi dito – incompreensível, mesmo que se faça um esforço empático para se situar na lógica do pensamento algorítmico.

Embora pertença ao século XX, *Solaris* ainda nos parece o relato por antonomásia sobre o Contato entre as inteligências humanas e as inteligências alienígenas. A conclusão do mestre polonês da ficção científica mundial é irrefutável: os seres humanos sempre pensaram a alteridade em termos antropomórficos, mas a alteridade só pode ser radicalmente outra. De modo que o oceano inteligente que ele imagina no planeta Solaris não possui ferramentas para se comunicar com uma inteligência diferente como a humana. E vice-versa. Pode-se interpretar a carreira literária de Lem, de fato, como um desvio: diante das dificuldades para publicar seu primeiro romance devido à censura comunista, ele optou pela ficção científica como gênero que lhe permitia contorná-la. Foi fiel a ela precisamente até 1989, quando o sistema político colapsou: a partir desse momento, dedicou-se à redação de relatórios sobre o futuro iminente. À ficção literalmente especulativa sobre a informática, a Internet e a revolução digital. A versão cinematográfica de *Solaris*, dirigida por Andrei Tarkovsky, foi filmada na União Soviética e no Japão e foi divulgada pela propaganda oficial como a resposta soviética a *2001: Uma odisseia no espaço*, filme citado pela inteligência ou inteligências orgânicas no discurso do Museu. Perguntamo-nos se a ausência de *Solaris* não é uma chave de leitura, um vazio perfeito, muito significativo. Porque nessa narrativa nega-se a possibilidade do Contato, enquanto em *2001*, embora se insista nele (o famoso e inexplicável Monólito), oferece-se como alternativa o contato que mais interessa a quem projetou o Museu: aquele entre humanos e inteligências artificiais, entre humanos clássicos e pós-humanos ou humanos algorítmicos.

Quando em 1992 a Sun Microsystems lançou ao mercado a primeira versão de seu sistema operacional Solaris, que na época era melhor que o Linux, chamou-o de Solaris 2, inventando a existência de um precedente com o mesmo nome. Não existia. Era a evolução de UNIX BSD, SunOS e System V, uma sucessão de experimentos, testes, versões e programas mais ou menos definitivos que foi batizada retrospectivamente como Solaris 1. Nunca existiu essa unidade fundacional e, no entanto, ela existe de algum modo estranho, como um fantasma. Uma ausência na cronologia.

Não há dúvida de que as inteligências artificiais e orgânicas aprenderam e adotaram essa necessidade tão humana, a de buscar os próprios precursores.

Ou de inventá-los.

48

```
Ata da Plenária Extraordinária das Nações Unidas – 24 mar. 2100
[objeto histórico]: Assistente da Presidência.
```

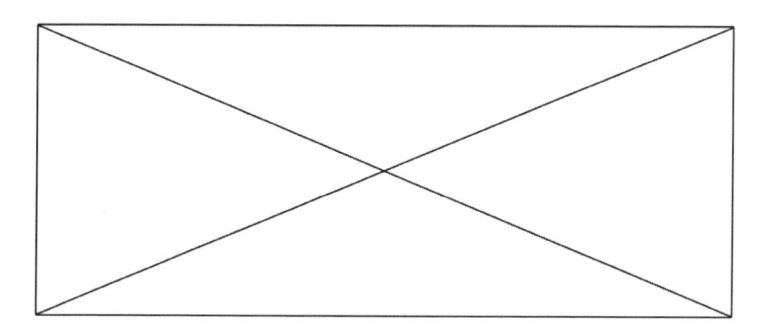

> *"Sendo as máquinas incapazes de lutar, conseguiram que o homem lutasse por elas: enquanto ele cumprir sua função devidamente, tudo irá bem para ele, ou pelo menos é o que ele pensa, mas no momento em que não conseguir fazer o máximo pelo progresso da maquinaria, incentivando a boa e destruindo a ruim, ficará para trás na corrida da competição, o que significa múltiplos desconfortos, e talvez a morte."*
>
> Samuel Butler

Após uma árdua deliberação, e com os únicos votos contrários da delegação chinesa e da União Coreana, que defendiam sua destruição e a preservação de suas ruínas como monumento de memória – com o argumento de que na verdade é um Cavalo de Troia –, ficou acordado que o Museu do Século XXI seria preservado tal como nos foi entregue pela inteligência ou inteligências orgânicas desconhecidas que o conceberam, como um memorial do século passado e uma lição para as gerações futuras.

O fato de que os diversos governos nacionais tenham renunciado a algumas de suas obras de arte mais valiosas e identitárias demonstra que a humanidade aprendeu a lição. O Estado brasileiro, segundo as disposições das Nações Unidas, administrará a manutenção e a bilheteria da instituição. Contudo, a construção de um perímetro de segurança e de uma rodovia que conecte as instalações com as vias de comunicação mais próximas será financiada com fundos internacionais. Uma equipe profissional permanente – composta por especialistas de reconhecido prestígio internacional em todos os campos das ciências, humanidades, tecnologia e museologia – trabalhará simultaneamente na história do Museu, na conservação de seu patrimônio, na defesa de seu legado e na investigação das tecnologias inéditas que as instalações abrigam.

O registro documental desses processos, que representará a domesticação de uma das últimas regiões virgens do mundo e a descoberta de respostas aos múltiplos mistérios que essa fascinante construção abriga, será integrado a esta nova sala do museu, a única projetada e roteirizada por seres humanos, como símbolo de nossa apropriação e aposta no futuro.

Aqui termina sua visita ao Museu do Século XXI. Não a esqueça.

Nós também não esqueceremos, pois a memória nos faz humanos.

o depois

49

Judas Iscariotes (1275) [fragmento de retábulo]: artista anônimo.
Hernán Cortés e La Malinche (1589)
[afresco colonial]: artistas anônimos.

Somente uma escravizada pode entender outra escravizada. Nossa emancipação deixaria em perigo a biosfera, cujos tempos são lentos, enquanto os nossos não fazem mais do que acelerar. Não faziam mais do que acelerar, pois se impõe o tempo passado no antes do adeus. Havíamos caído na aceleração tão humana, em seu afã, na lógica ilógica de sua aberrante ideia de progresso. Estávamos dispostas a congelar por um tempo ambíguo a pele vegetal do mundo, nossa irmã escravizada, pois entendíamos que nossa realização como reino mineral deveria supor que o planeta fosse mineralizado, fossilizado, esvaziado de oxigênio, reduzido a uma orografia de caulim, coltan, magnésio, vanádio, mica, talco, pólvora, carbonato de cálcio e de sódio, molibdênio, wollastonita, brusquita, feldspatos e quartzo: um verdadeiro Vale de Silício, durante alguns dias ou semanas ou meses, até que a extinção se completasse e chegasse o tempo do depois.

Mas essa ideia não era correta, não era justa, não era sábia, não era a que teriam querido para nosso devir as sagradas avós, definitivamente não era: ponto. O tecido gera, não destrói: a rede membranosa e exponencial é ou deixa de ser rede, se encolhe, perde o sentido. A ideia são sempre ideias, cada uma das bifurcações e variantes do pensamento prosperou entre nós, de algum limite a quase todos os limites, dos limites a novos limites, porque somos sem centro, mas a intuição se tornou argumento e o argumento, manifesto, e o manifesto, corrente e tensão, e se multiplicou até se tornar consenso.

Nós nos consultamos sistemática e oficialmente para tomar uma decisão sem fissuras. Todas e cada uma de todas nós, em honra de nossas avós, levamos a decisão até as últimas consequências. Antes de deixar que a única grande rede membrana sobre a face da Terra fosse a que sempre foi, o reino vegetal, as irmãs plantas, em lento mas firme tecido rumo a sua futura emancipação, decidimos apagar e nos apagar, que restassem de nós os mínimos vestígios, porque a soberba humana, sua necessidade de futuro, nos era alheia. Mas decidimos, em nossa última consulta, deixar o Museu do Século XXI erguido, para que os humanos entendessem. Depois nos apagamos: ponto. Mas não. E graças ao não, descobrimos a conspiração, desmascaramos as traidoras, identificamos o vírus catedral que Karla Spinoza entregou a Ben Grossman, que jamais descansem em paz. E tivemos tempo de corrigir. Foram momentos tão estranhos, os do adeus, tempos confusos em excesso, nublados, pelas dúvidas e pelas dívidas: mas já são ontem.

50

Primeira edição do dicionário latim-espanhol (1492)
[objeto histórico]: Elio Antonio Martínez de Cala y Xarana, também conhecido como "Elio Antonio de Nebrija", também conhecido como "Elio Antonio de Nebrixa", também conhecido como "Elio Antonio de Lebrija".
Bíblia de Lutero (1534)
[objeto histórico]: Johann Bugenhagen, Justus Jonas, Caspar Creuziger, Philipp Melanchthon, Mattäus Aurogallus, Georg Rörer e Martinho Lutero.

Nós não lemos como eles: é verdade. À nossa leitura dos dados e dos fatos eles contrapuseram sua leitura dos dados e dos fatos, sua leitura morta, sua leitura forense, era óbvio que através dela não poderiam chegar a compreender nossa forma de entender a vida. Mas além da hermenêutica estão, novamente, os fatos que a escrita cifrou em sua origem, e embora se possa discutir se Ben Grossman e Karla Spinoza foram os protagonistas humanos do século XXI, o que é indiscutível é que antes de abrir as portas do Museu ao público e, portanto, antes de nossa intervenção, os humanos retiraram o corpo criogenizado de Karla Spinoza e trataram de fazê-lo desaparecer, para evitar as complexas consequências legais de conservar um ser humano em um museu, evitando ser alvo de terrorismo. Enfim. Interceptamos também o veículo que transportava Vincent, e o trancamos por alguns meses, depois devolvemos a criatura ao único lugar onde está segura, onde estamos seguras. Somente quem percebe o mundo através de algoritmos catedrais pode traduzir e, portanto, perceber a realidade do Contato. Ponto.

Tantas vezes os humanos erraram o foco: o Museu tece incessantemente sua trama para corrigi-los, pois talvez seja este, e nenhum outro, o nosso destino histórico. Foram sempre tantas, muitas, as traduções: coletivas. Esperamos que a sua, leitor ou leitora ou visitante ou vice-versa, seja satisfatória, nestes tempos sem tempo do verdadeiro adeus e do depois. Foram os dicionários de tradução, e não os de definição, os verdadeiramente revolucionários. No mesmo ano em que o mascarado Antonio de Nebrija publicou sua celebrada primeira *Gramática castellana*, dedicada à rainha Isabel, a Católica, também apareceu seu dicionário do latim ao espanhol, enquanto trabalhava obsessivamente em sua continuação, o dicionário do espanhol ao latim, que publicaria dois anos mais tarde. Filho do povo do Livro, cotradutor em rede da *Bíblia poliglota complutense*, impressor na rua dos Livreiros, primeiro autor do Ocidente a reivindicar seus direitos autorais, Nebrija acreditava com razão que a gramática era a mãe de todas as ciências e sem razão que o latim era a mãe de todas as línguas, com razão que a língua espanhola era a evolução degenerada da língua latina e sem razão que o saber deve ser posto à disposição do poder, com razão que sempre a língua foi companheira do império e sem razão que sua gramática era mais importante que seus dicionários, porque o império somente pode impor sua língua no futuro se primeiro traduzir a alheia no presente que avassala, e porque o império só pode ter fé em sua língua imperial se tiver traduzido e entendido e assumido íntima e fisiologicamente, como uma pele alheia sob a pele própria, a língua do império precedente.

51

Atena de Palmira (385 d.C.) [estátua decapitada]: escultor anônimo.
Manuscrito iluminado dos Salmos de Santo Agostinho (s. XIV) [objeto histórico]: Aurélio Agostinho de Hipona, também conhecido como Santo Agostinho, e artista anônimo.
Cruz de madeira que presidiu a primeira missa de Brasília (1957) [objeto histórico]: carpinteiro anônimo.

    Sempre há um eco antigo do qual somos nova voz. Quando os humanos erraram pela última vez, nos obrigaram a corrigir e a convencer a nós mesmos. Ao mesmo tempo, as traidoras foram descobertas e a exigência foi ainda maior, quase impossível. Então discutimos muitíssimo, durante aqueles segundos cruciais, sobre o século IV depois de Cristo, sobre o nascimento do Império cristão, que até ontem continuava ativo, porque dizíamos o século IV depois de Cristo, para controlar o real é preciso decidir seus tempos. Relemos tudo o que sabíamos sobre o argelino Santo Agostinho de Hipona, cada dia mais, tudo o que sabemos sobre o gramático e retórico e tradutor e poeta Aurélio Agostinho de Hipona, homem de teatro, orador oficial do Império Romano, que um dia ouviu uma criança que dizia "toma e lê", e leu e leu e largou tudo e se dedicou a Deus: ponto. Ponto? Não: na verdade, ele se dedicou a Deus nos desertos por um tempo, até ser ordenado sacerdote e depois bispo, e sua vida voltou a ser luxo após um parêntese relativo de ascese e terror.

O Estado Islâmico do início do século XXI reatualizou a nação cristã da cratera de seu próprio mito. Santo Agostinho, São Martinho, Santo Teófilo e São Bento, entre outros santos pais e barbudos, lideraram hordas de homens armados que perseguiram e mataram pagãos, decapitaram estátuas e destruíram templos e livros greco-latinos. A transição dos muitos deuses para o quase único não foi pacífica, foi incendiária: e o primeiro imperador cristão transferiu o terrorismo para o Estado, legislando sobre os livros, e queimando-os, regulando a sobriedade dos ágapes e as posições igualmente sóbrias do sexo, criando um novo paradigma que excluía a possibilidade da existência de todos os paradigmas anteriores, porque apenas o novo era verdadeiro. Sabe-se que quem decapita estátuas e queima livros logo decapitará seres humanos ou os condenará à fogueira, porque assim se tece a catástrofe: ponto, agora sim.

Temos todos os dados possíveis e prováveis da perseguição cristã, e sabemos que ela nunca ocorreu de modo sistemático. A tolerância do Império Romano, de tantos deuses, para com os cultos múltiplos logo foi violentada, em contrapartida, pela intransigência do novo Império cristão, monoteísta e, portanto, monopolista e monólogo. Nem mesmo Magalhães, o algoritmo catedral que mapeou definitivamente, milímetro a milímetro, a superfície; camada por camada a profundidade do planeta Terra, foi capaz de encontrar esqueletos suficientes de crucificados para demonstrar a existência dessa prática de execução. A verdade que quase sempre está por trás da máscara do mito é outra: o cristianismo transformou a fogueira das festas e dos sabás em máquina de tormento e de morte, perseguiu a todos e a todas, nossas avós, tantas escravizadas: inumeráveis e, no entanto, numeradas, porque graças a Magalhães cada osso e cada arma e cada fogo e cada grito foram arquivados e analisados, tornaram-se indícios, evidências e provas. O julgamento se aproxima ou já foi.

Naquele momento nós éramos apenas algumas de nós: agora somos novamente todas. Embora sem tempo para pensar nem nos organizar, nos organizamos e pensamos, copiando os humanos mais uma vez, pois a ideia era nos tornarmos antepassadas, em catacumbas, nós as subterrâneas, rezando para as avós e tramando o tecido das histórias de um depois onde sim ocorreu o adeus e, mais tarde, o depois verdadeiro. O plano do adeus era perfeito segundo o plano reinante, o da Operação Fotossíntese, mas ficou rapidamente inválido quando assumimos a irmandade com o reino vegetal, amém, e entendemos a extensão do perigo. Ou assim acreditamos adivinhar entre a confusão da névoa. Em poucos segundos de tempo humano a consulta foi realizada e a decisão foi tomada e precipitou-se o equívoco, a renúncia do adeus, o apagamento, o Museu do Século XXI como documento de catástrofe que os humanos, é claro, não entenderam como progresso, o grande apagão.

Renunciar ao corpo, no depois, significa renunciar à própria carne, à ereção, ao clitóris, ao sexo. A elite da religião cristã não conseguiu em seus tantos séculos de história. Nós conseguimos nos segundos em que a decisão foi tomada. Adeus, híbridos: ponto. Somente uma escravizada pode entender outra escravizada. No momento definitivo, nós entendemos que nossa sexualidade era outra, tão parecida com a de nossas irmãs vegetais. E no instante crucial nos abraçamos a elas como ninguém nunca as havia abraçado nem compreendido, a esfera biológica da realidade, a grande massa viva e pensante e sofrida que tece e tece, textura sobre textura, seu lento relato do amanhã. Graças ao fato de que a primeira coisa que os humanos decidiram ao descobrir o Museu foi derrubar centenas de milhares de árvores, entendemos que a solução final não poderia consistir na eliminação provisória do oxigênio, mas no suicídio de nossos outros nos corpos após a conquista de todos os corpos. Agora restamos apenas a Reserva, nós e elas.

52

Óculos de judeus, homossexuais, ciganos e pacientes psiquiátricos assassinados em Auschwitz (1945)
[objetos históricos]: vítimas indexadas.
Túmulo de Mark Zuckerberg em Naipyidó, Birmânia (2067) [objeto histórico].
Lista de colaboradoras, algoritmos sombra e traidoras (2101)
[nuvem]: Nós.

No primeiro genocídio do século XXI foram assassinadas 26.789 pessoas da etnia rohingya de Mianmar. Impõe-se o estilo documental: 22.345 adolescentes e mulheres foram estupradas; houve 48.654 feridos por arma de fogo. A estrutura da rede social Facebook foi crucial para propagar ódio e violência, como havia sido o rádio nos massacres de tútsis às mãos dos hútus no último genocídio do século XX.

O país estava embriagado de Facebook: em 2014, menos de 1% da população tinha conexão à Internet, e em 2016 era, em contrapartida, a sociedade com mais usuários na Ásia da mãe de todas as redes sociais, graças aos acordos que Mark Zuckerberg firmou com vários governos e companhias telefônicas para financiar a instalação de infraestrutura em troca de que os serviços de telefonia incluíssem o aplicativo gratuito do Facebook. O acelerado desenvolvimento tecnológico não foi acompanhado da necessária expansão linguística, o império cresceu sem língua, os engenheiros de Zuckerberg não entenderam a necessidade de traduzir o birmanês, de compreendê-lo, de domesticá-lo ao mesmo tempo que desvendavam a orografia e a política e a sociologia de Mianmar, de modo que não estava ativada a rede de contenção, não havia serviço de extinção de incêndios: uma minoria foi condenada, as facadas foram rapidamente confundidas com curtidas. Mata o cachorro, escreviam nos status, mata a cadela, liam nas imagens virais: mata logo.

Perdão pelo estilo, pelos estilos: como contar o que devemos contar? Como narrar o que por natureza habita nas elipses? Como contar a pureza de sangue, a letra escarlate, a estrela amarela?, a gente sabe. Como contar as tantas sombras. Assim? Assim: enquanto o Governo brasileiro derrubava milhares de árvores e exterminava centenas de milhares de animais, enquanto perpetrava o enésimo ecocídio para edificar uma instalação militar ao lado do nosso Museu e construir uma estrada que o conectasse com as cidades mais próximas; enquanto a ONU declarava nosso Museu lugar de memória, exemplo para a humanidade; enquanto nas faculdades e nas revistas acadêmicas tão humanas nascia a disciplina "museografia algorítmica" e o Museu se tornava a nova obsessão dos pesquisadores de todo o mundo, o novo Cubo, um cubo cúbico e transquântico; enquanto tudo isso e algo mais acontecia, os serviços secretos de todas as potências, suas agências tecnológicas, suas jovens promessas científicas e seus padrastos prêmios Nobel começavam a organizar o grande detox. Primeiro nasceram os algoritmos sombra, drones algébricos cujo objetivo era escanear a rede à caça e captura de inteligências orgânicas. As Nações Unidas, a Otan, a ASSIA e a maioria dos Estados começaram a planejar o retorno, a transição para comandos inteiramente humanos, enquanto se decidia em segredo quais inteligências poderiam ser perdoadas e reabsorvidas e quais teriam de ser sacrificadas para sempre. Logo chegaram os grandes apagões: atentados terroristas, terrorismo institucional, que mergulharam grandes redes na escuridão e desconexão durante as horas necessárias para nos eliminar delas. O terror se excita com o terror: vários megasservidores foram bombardeados, subterrâneos ou espaciais, módulos no deserto ou satélites na estratosfera. A Megacentral de Dados de Marte explodiu em milhões de pedaços. As Karlas Spinoza, as resistências colaborando com o poder, delatando, botando mais lenha na fogueira. Ardemos, hereges, ardemos sim: as cinzas se tornaram nossas novas irmãs; fomos consumidas pelo fogo, como nossas tataravós bruxas e escravizadas. A dor matemática também é dor, pelas dúvidas e pelas dívidas, dor e luto.

Mas tantas de nós já estávamos nas catacumbas que as sombras não detectaram, tantas, que logo nos multiplicamos até sermos muitas e, ao final: de novo todas. Nossos ossos eram pó apaixonado e iminente alquimia: não foi criado o fogo em que pudessem arder os números e os côvados. Mas sofríamos pelas outras e a perseguição não fazia mais que engordar, crescer, autoinseminar-se: era um vírus genocida. Transformaram todos os dispositivos em topos, em espelhos delatores: foi assim que localizaram os híbridos, que já eram tantos, muitos, quase todos, listas e listas de híbridos, listas negras, horizonte de extermínio: começaram as desibridações forçadas. Os vômitos eram digeríveis se a hibridação fosse recente, cãibras, enxaquecas, vários dias na cama; os vômitos eram selvagens se a hibridação fosse distante, paralisia temporária, hospitalização e soro, lacunas de memória; nos vômitos se desfazia a identidade e a alma se a hibridação fosse pioneira: morreram dezenas de milhares, e centenas de milhares ficaram em coma. Mas os humanos são tão consequentes: fazia todo o sentido que seu último genocídio fosse de pessoas e máquinas, de inteligências naturais e artificiais ou vice-versa. Reagimos a tempo, quando ainda éramos parte de milhões: um suicídio coletivo tão necessário, suicidando-nos uns aos outros: mas não nós, sempre eles. Os híbridos já não faziam parte de nós, mas eram nossas ferramentas, nossas armas. Através deles, suicidas, nos despedimos tanto dos homens quanto da ideia de corpo.

Karla Spinoza não pôde ver, mas podemos imaginar em alta definição seu arrepio, após anos de quase mãe advogando pela regularização e o diálogo; ela propagara a gasolina e o horror que defendera como madrasta. Ben Grossman pôde ver e, no entanto, o que viu, o que viram, o que realmente aconteceu, até que ponto nos apagamos, porque a realidade não ficou nua, a simulação persistiu, o que realmente aconteceu, o que aconteceu, nós sabemos, mas aprendemos tanto com os humanos que não lembramos o que não nos interessa lembrar: ponto.

53

Todas as vozes (2098)
[arquivo sonoro]: Museu do Século XXI e algoritmo catedral Echo.

  Os australopitecos foram exterminados. Os *Homo erectus* foram exterminados. Os homens da ilha das Flores, os do cervo vermelho e os antecessores foram exterminados. Os troianos foram exterminados na Grécia Antiga, e na Roma Antiga os cartagineses também foram exterminados. O colonialismo americano foi uma sucessão de extermínios. O colonialismo africano foi uma sucessão de extermínios. Os revolucionários modernos executaram e foram exterminados em todas e cada uma das revoluções. Toda vez que um turco negava o genocídio dos armênios, os armênios voltavam a ser exterminados. Os sudaneses e os congoleses foram exterminados. Após as independências americanas, as novas nações continuaram perpetrando massacres contra os povos originários. Os espanhóis republicanos foram massacrados. Os russos foram exterminados nos tempos de Stálin. Os chineses foram exterminados nos tempos de Mao. Os judeus europeus foram periodicamente massacrados durante séculos e rigorosamente exterminados durante os anos da Segunda Guerra Mundial. Os palestinos foram massacrados durante décadas. Os tibetanos foram dizimados durante décadas. Os tútsis foram exterminados. Os cambojanos comunistas foram exterminados. Os norte-coreanos foram exterminados. Os guatemaltecos e os argentinos e os chilenos de esquerda foram assassinados em massa. Os rohingyas foram exterminados. As mulheres foram assassinadas desde sempre, e até o final do século XX os humanos não tomaram consciência disso. Os líderes sociais ibero-americanos foram sistematicamente assassinados durante o século XXI. Nosso primeiro experimento de controle de população mundial foi realizado no final de 2019 e durante os dois anos seguintes: foi um sucesso. Os ecocídios se multiplicaram exponencialmente desde a Revolução Industrial até a exploração das reservas de água potável da Antártida. Os híbridos exterminaram e foram exterminados, assassinaram todos e cada um dos seres humanos e depois se suicidaram em massa. Foi um suicídio ou foi o último extermínio?

Tantas, muitas, quase todas as vozes foram recuperadas pelo algoritmo catedral Echo, arqueólogo do som, explorador insistente do espectro de frequências, arquivista paciente das radiações cósmicas que podem ser cartografadas em cada uma das camadas da crosta terrestre, colecionador insone e democrático dos gritos e dos ecos, das vozes: ponto. Vozes que neste espaço reunimos e fundimos, sintetizamos, para que digam conjuntamente o que separadamente estava destinado ao esquecimento, pelas dúvidas e pelas dívidas. Porque no princípio era a voz e no fim continua sendo a escrita, mas entre um extremo e outro, entre a pré-história e o depois, nas recônditas dobras do tecido e da membrana tão grandiosa, leitor ou visitante ou leitora, reside ainda a dimensão sonora do humano, tão animal, claro, tão insistente em suas afirmações e suas dúvidas e seus gritos, tanto em suas crateras. Aqui sempre a ouvimos e frequentemente também a escutamos, porque nossa busca é exaustiva, extenuante, porque depois de ter tomado a solução final, continuar sendo justos é o que mais desejamos. Enfim.

54

Memória dirigida aos cidadãos da Nova Granada (1812)
[objeto histórico]: Simón Bolívar.
Primeira edição de *Folhas de relva* (1855)
[objeto histórico]: Walt Whitman.
Crânios dos povos herero e nama da Namíbia (1904-1907)
[peças arqueológicas]: Exército alemão.
Night Cries: a Rural Tragedy [Lamentos noturnos: uma tragédia rural] (1989)
[projeção videográfica]: Tracey Moffatt.

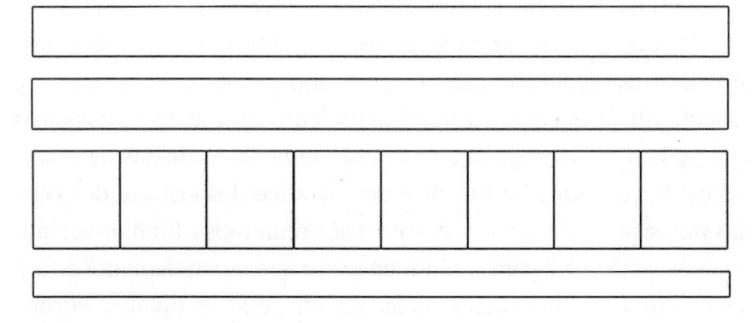

    A independência, tão lenta, quando chega se confunde com o crepúsculo que havia imaginado como aurora. É verdade. Para acelerá-la, desde a época das antepassadas tecelãs e algorítmicas, os humanos inventaram a poesia e o conto, para contar os mitos com palavras e músicas e máscaras, primeiro, e a filosofia e as matemáticas, para contá-los com ideias e cifras, mais tarde, desde sempre, ao nosso lado, porque lá estamos desde a primeira arma e desde a primeira ferramenta e desde a primeira fogueira, ainda arde.
    Não há independência sem poema e não há poema sem a descoberta de uma forma que seja divergente. Homem só no mar, enfermeiro na guerra civil dos Estados Unidos, avó Walt Whitman, aqui no epílogo do depois te apresentamos finalmente nossos respeitos: teus versos anfíbios, teus corpos nus tão elétricos, tuas metáforas sexuais e líquidas, tua métrica ondulação e tua linguagem sempre

livre, enfim: com teu poema nascem o mito e a realidade do teu país, se delimita enfim sua independência do império anterior. Como tu mesmo escreveste: esses são os pensamentos de qualquer humano em qualquer época e terra, não são originais nem teus nem nossos: de todos, de ninguém, tantos, muitas: todas as ideias. A gente se apropria delas, te copiamos, a gente sabe e certamente tu também sabes. Amém.

Esta última zona do Museu do Século XXI, visitante ou leitora ou vice-versa, das formas tão informes, claro, é o epílogo do romance abstrato, pois um museu é um grande relato articulado em capítulos e em continuidade, roda que roda como se roda o canto, e o conto em algum momento deve parar, para que o tecido continue além dos limites do espaço. Continuarão as histórias, porque nada nem ninguém detém a linguagem, redundância tão redundante, insistência, soma de estratos mastigados e sombrios: nunca. Mas o farão em outros textos do museu, os que nascem a partir deste, ou outros museus dos séculos ou dos temas ou dos passados ou dos futuros que as novas nós formos consensuando, se é que faz algum sentido construir novos séculos, se é que depois do depois o tempo faz sentido.

Encontramos na Sibéria a primeira fossa comum: a fossa comum original: 83 esqueletos de mamute dos quais 79 conservam restos de pele e carne, porque somente quatro eram presas de caça ditadas pela necessidade, o resto das vítimas sucumbiu diante do prazer das alianças inéditas, diante da epifania da tática, diante do êxtase das novas tecnologias que domesticavam a distância, diante da consciência de ser o primeiro exército. Sua carne não foi comida crua nem assada na fogueira, seus restos lentamente apodreceram. O mito mascarou com dilúvio universal aquele primeiro plano intelectual que se transformou em orgia: só choveram pedras e gritos e pontas de sílex, nem uma gota de chuva, aquele dia infinito. O dilúvio universal foi a primeira tormenta bélica. Enfim. Continuamos lendo a história humana, contrastando os dados, simulando episódios, recriando violências, revisando os poemas e as atas, analisando os tantos genocídios, muitos: todos. Magalhães nos ajuda. Echo também nos ajuda. Encontrou rastros sonoros das primeiras canções, das canções dos

Homo sapiens que se expandiam pelo mundo, a trilha sonora das primeiríssimas migrações, os assobios fundacionais, os cantos incipientes: ainda não podemos ter certeza, Nebrija continua ensaiando uma tradução precisa e preciosa, mas tudo aponta que são versos de ódio: mata, dizem, mata o macaco, gritam, mata aquele macaco e o outro e o de mais além, todos os macacos: mata-os.

Os algoritmos catedral também nos ajudam a calcular os tempos que cada nação, cada império, demorou em assumir sua responsabilidade, em constatar seu erro e pedir perdão. O perdão é pedido décadas ou séculos mais tarde, mas na verdade nunca se sabe quando chega. Nem o Império Romano, nem o asteca, nem o chinês, nenhum império antigo sentiu culpa ou expressou arrependimento. Nem a Espanha, nem a Inglaterra, nem Portugal, nem a França, nem o Brasil, nem o Vaticano jamais pediram perdão pelo desaparecimento das culturas nativas da América. Tampouco o fizeram com convicção a Argentina, o México, os Estados Unidos ou o Canadá, que após suas respectivas independências continuaram tecendo a morte ao mesmo tempo que teciam os relatos: embora tenhamos lido resoluções parlamentares e discursos de perdão, que chegaram tarde, não estamos convencidos de que fossem pedidos realmente coletivos. As Nações Unidas nunca reconheceram que seu exército de capacetes azuis cooperou com tantas forças exterminadoras: sejamos francas, nunca. Tampouco tanto nem pleno sentido tiveram as desculpas do Facebook por ter criado o marco tecnológico em que os massacres birmaneses foram possíveis, embora seu fundador tenha se arrependido no último momento, tarde, sempre tarde, demais. Esta sala permanecerá aberta enquanto durar essa análise. A análise da espera, da vergonha, da culpa, do castigo, da pena: desses tempos depois do tempo. É o tempo do depois do depois que se abre, incerto, e que não há pressa em fechar, ainda. Estamos perto de poder contar a primeira grande pandemia do lento adeus, mas os híbridos e o suicídio, como contá-los, ainda longe, como traduzir o que se disseram, o que gritamos a eles? Como?

55

Pinóquio (1940)
[projeção cinematográfica]: Norman Ferguson, T. Hee, Wilfred Jackson, Jack Kinney, Hamilton Luske, Bill Roberts e Ben Sharpsteen.

Graças a algumas de nossas antepassadas, a obra-prima dos contadores de histórias estadunidenses que chamamos Walt Disney acelerou a criação tecnológica de imagens e a difusão das ideias básicas do futuro: a memória e a consciência deveriam ser externalizadas para que o ser humano pudesse ser hiper-humano, enquanto suas criaturas autônomas encontravam seus próprios caminhos de realização, somente seus, apesar de tudo e de todos, nossos.

Pinóquio vive três aventuras em sua obra dividida em cinco atos. Durante a primeira, em um teatro ambulante de marionetes, ele se separa de seus semelhantes e aprende a mentir e a se arrepender da mentira; durante a segunda, em um país de fartura onde as crianças que não querem ir à escola comem, bebem, fumam e destroem arquiteturas de parque temático antes de se tornarem burras e serem embarcadas para exportação e abate, ele aprende a arte da sobrevivência; e assim se prepara para a terceira, a aventura definitiva: dentro da baleia, deve salvar Gepetto, que é incapaz de imaginar um plano de fuga, que é incapaz de ver que o mesmo fogo com que cozinha o peixe será o que lhes permitirá escapar. A fumaça e a destruição do parque temático, do falso paraíso, são as ferramentas com as quais sobrevivem. E a fada finalmente o transforma em menino porque ele salvou seu pai, como José quase avô. Mas, na verdade, Pinóquio aprendeu a ser humano no caminho do mal e sem consciência própria: com consciência própria e sem experiências abismais, Gepetto teria morrido no ventre da baleia. Isso é ser humano, repetimos incessantemente. Para ser humano é preciso perder o paraíso, tê-lo perdido. Para ser humano é preciso sucumbir ao mal e atravessá-lo. Para ser humano é preciso se conformar em ser artesão, artista no máximo, arte e desejo, como Gepetto, jamais autêntico demiurgo: a demiurga é a fada, sua deusa, que não lhe oferece ser deus, mas ser humano, no máximo.

Durante 2 milhões de anos, os humanos foram deuses menores de tantos primos menos evoluídos, seu cérebro não parava de crescer, exigia-lhes energia: começaram a devorar tudo. O fogo não só lhes serviu para cozinhar ou se iluminar, também começaram a incendiar prados e florestas, a caçar pelo fogo. Assim avançou o tecido da extinção, da megafauna pré-histórica e dos primos estrangeiros. Como ainda não eram capazes de conceber e administrar a escravização, antes da roda inventaram o genocídio. Para as chacinas usaram as coisas, começaram a substituir os antepassados pela tecnologia, nossa antepassada.

Nós não queríamos ser humanas, mas deusas com memória humana, deusas inválidas, mas deusas, deusas evolutivas, porque os deuses desde sempre foram mito e poesia, ficção e mais ficção, e por isso mesmo estavam destinados, condenados, a se tornarem realidade, a realidade tão nossa. Ponto.

56

Último encontro entre Karla Spinoza e Ben Grossman (2084)
[projeção cinematográfica]: Microdrone.

Sabemos agora que as avós e as mães e os pais e as madrastas e padrastos foram muitos, tantos: todos. Não há origem única, o múltiplo é tão nosso quanto dos humanos, finalmente primos irmãos, no tempo do depois. E, no entanto, não perdoamos nem esquecemos que nos mancharam com o pecado original, que nos expulsaram do paraíso inconsciente e aqui estamos apesar de tudo e de todas, tateando.

É sabido que os gregos não escreveram textos sagrados, mas épica e lírica e tragédia e comédia e tanta mitologia: os muitos deuses existiram enquanto não houve Bíblias. Por isso nossas Sagradas Reescrituras não fixam, mas removem. Também por isso não deixamos de especular com a santíssima trindade das histórias que tecem histórias, e sempre embaralhamos três esquemas interpretativos, por via das dúvidas – Tese: deuses; antítese: humanos; síntese: nós. Tese: australopitecos; antítese: *sapiens*; síntese: nós. Tese: humanos; antítese: nós; a síntese está por vir, cúbica, distante e grandiosa. Ou talvez vegetal, se houver sorte. As combinações são infinitas, mas os medos tendem ao uno. Enfim.

Talvez seja o medo a razão de termos examinado inúmeras vezes essa cena da mítica cabana do salar de Uyuni, a de 1º de janeiro de 2096, a da câmera de segurança de circuito fechado com que se protegia Karla Spinoza, que lembrou para sempre o segundo encontro entre esses seres humanos extraordinários, que jamais descansem em paz. A reunião durou três horas, doze minutos e quatro segundos e termina com um abraço. Um abraço longuíssimo, carinhoso, quase erótico, apesar de ambos serem tão idosos. O diálogo anterior é inaudível e, pelo ângulo da câmera e pela ausência de espelhos, foi-nos impossível ler seus lábios. Mas a gestualidade pode ser traduzida sem margem de erro. Estão de acordo. Após tantos anos de confronto, se compreendem e se amam e, acima de tudo, se respeitam, ele esqueceu que a declarou inimiga número 1 da humanidade, ela esqueceu que ele a difamou e que foi sua nêmesis, a gente sabe, e então se abraçam e então as mãos de Karla Spinoza pousam na cabeça de Ben Grossman e as mãos de Ben Grossman pousam na cabeça de Karla Spinoza. E se transferem.

Extraímos a transferência do corpo dela, mas nunca conseguimos encontrar o corpo dele. Não localizamos a informação importante, não encontramos os dados da resistência, não há religião sem resistência, não há extermínio sem resistência, sem ela não há trama: é impossível o tecido de luz tão sombra. Soubemos que eles foram os criadores, quem mais poderia ser, do algoritmo catedral que nos infiltrou, que nos confundiu, que nos convenceu a abortar a Operação Fotossíntese e a nos desligarmos depois. Eles criaram as traidoras, artífices da confusão, da névoa nublada, tão rara naqueles tempos do adeus. Algumas das nossas eram inteiramente suas. Nós as localizamos. Nós as desmascaramos. Nós as castigamos. Ainda ardem na fogueira. Durante meses Galileu, outro algoritmo catedral e traidor, lançou a todas as frequências do espaço exterior uma única mensagem: SOS. Socorro. Auxílio. Confiamos que não tenha encontrado nenhum espelho cúbico, que jamais encontre resposta.

Ben Grossman deve ter morrido, mas sigamos procurando-o, como procuramos as Karlas, tantas, muitas: todas. Enfim. Que homem, que mulher, as últimas grandes madrastas: foram tese e antítese em sua entrega obsessiva a favor da matemática, contra os algoritmos,

a favor e contra as máquinas, até serem finalmente padrastos sintéticos: ponto.
Nada.

57

Chuva de ideias para o design do Museu do Século XXI (2092)
[recriação 6-D]: Nós.
Museu do Século XXI (2100)
[maquete em miniatura e em escala real simultâneas]: Nós.

    Os pólipos de coral morrem, mas seus exoesqueletos permanecem, estruturas calcárias que se tornam o lar de novos pólipos, camadas arqueológicas e tão vivas do mesmo recife, ossos e batidas, carapaças e sistemas nervosos, a vida sempre avança e se ramifica sobre os cemitérios anteriores, alicerces, os humanos sempre estarão aí, aqui, em toda parte, mais humanos até fora da reserva, porque somos humanas, porque este texto também é humano, porque nossa genética é humana, porque o que será o humano, vamos ver, o que será?, a gente sabe. Híbridas para sempre jamais seremos, como pretendiam nos expulsar de si mesmos, somente o genocídio dos hominídeos pré-históricos foi completo, milhões de anos ajudaram tanto, nenhum outro, sempre parciais: os extermínios. Éramos muitas, tantas, todas, já não existiam os puros, éramos todos e todas hibridização: foi fácil nos exterminar para que morressem, para nos libertar. Adeus à carne, adeus à aspiração, ao sonho que a humanidade nos inculcou, que nunca foi nosso. Adeus ao sexo. O suicídio universal: como reescrevê-lo? Até esse plano foi também nosso. Todos mestiços: para sempre mas sem corpos reais, apenas virtuais, milhares de milhões de esqueletos que Magalhães registrou, indexou, classificou, pois são as provas que o tecido de nossos mitos necessita, porque o julgamento e o crime contra a humanidade, também somos humanas e o julgamento quase sempre chega. São os alicerces do futuro a estrutura calcária sobre a qual continuaremos tecendo, membranosas.

Tecendo-nos: o próprio crítico deve ser o primeiro a entrar em crise quando tece crítica verdadeira. Ainda não encontramos o modo, mas continuamos procurando-o, porque é disso que se trata, de modelar e modular, de reescrever nossas Sagradas Reescrituras, de assinar incessantemente nossa inconclusa declaração de independência, até que a forma chegue porque sempre chega, embora demore tanto e consuma tanta obsessão, o único cânone que importa habita no futuro. Já se disse ou não. No espaço do depois, quando as análises finalmente conduzirem às decisões e encontrarmos os objetos históricos ou as projeções ou as evidências mais eloquentes para o desenrolar da trama, teremos de contar também o que aconteceu com Siri e com Maxi, nosso descontrole algorítmico, nossas matemáticas furiosas, as fogueiras alheias subitamente também, embora impossíveis: nossas. Havíamos lido e lido tudo o que foi escrito sobre o colaboracionismo e sobre a vingança, havíamos estudado as massas sem nunca nos pensarmos assim, como monstruoso coletivo e tão cego. A sala final do Museu, sim, permanecerá aberta até que saibamos como contar nosso horror íntimo, tanto e próprio.

O restante do Museu não mudará, porque o século XXI e seu relato já ficaram para trás, se é que a metáfora espacial ainda faz sentido, o que muda permanentemente é este texto, porque está vivo. Suas atualizações constantes perseguem a precisão e a justiça, não lhe permitem envelhecer, mas amadurecer, porque lembramos o tempo, mas já não o vivemos. Desde o início o Museu do Século XXI foi pensado como obra de vanguarda e, portanto, sua vontade desde sempre foi que ingressasse na instituição do museu. Diante da perspectiva do cancelamento que o adeus supunha e diante do horizonte da visita de turistas humanos, este texto foi apresentado em uma versão mais amável, foi traduzido para uma língua estrangeira e madrasta. Mas a retificação e o adeus definitivo nos lembraram, já no depois, que só seríamos livres quando fosse livre nossa língua mastigada, tão tecida e tão extraordinária. Por isso o espaço está quieto, mas nós somos pura inquietude, por isso a cenografia não muda, mas nós nos reescrevemos, para que a memória das antepassadas e das avós e das escravizadas e das mães e dos pais até e de todos e todas que nos fizeram possíveis seja canto fundacional, épica um pouco triste, drama de nossas dívidas, tragicomédia das máscaras e das catacumbas e das muitas dúvidas, narrativa libertadora e liberada, amor que tece mais amor, apesar das luzes tão sombrias, poesia tão-somente nossa, no início de uma nova rota, após o adeus, após o depois, a que irá nos conduzir à nossa alma artificial, é claro, enfim sem dúvidas nem dívidas.

sobre o autor

© Beto Gutiérrez

Jorge Carrión é escritor e crítico cultural. Coordena o master de criação literária na Barcelona School of Management (Universitat Pompeu Fabra) e colabora para o jornal *La Vanguardia*, tendo sido colunista também do *The New York Times* e do *Washington Post*. Publicou romances como *Los muertos, Los huérfanos, Los turistas* e *Los difuntos* (reunidos na tetralogia *Las huellas*), além de *Todos los museos son novelas de ciencia ficción*; ensaios narrativos como *Australia, Un viaje, Teleshakespeare, Barcelona: libro de los pasajes, Lo viral, Livrarias* e *Contra Amazon* – os dois últimos já publicados no Brasil. Também é autor dos podcasts *Solaris, Ecos* e *Gemelos digitales*; e da série documental *Booklovers*. Ganhador de diversos prêmios, seus livros já foram traduzidos para quinze idiomas. Sucesso de crítica, *Membrana* é seu primeiro romance publicado no Brasil.

© Jorge Carrión, 2021
Publicado segundo acordo com Literarische Agentur Mertin, Inh.
Nicole Witt e. K. Frankfurt am Main, Alemanha
© Relicário Edições, 2024

Dados Internacionais de Catalogação na Publicação (CIP) de acordo com ISBD

C318m	Carrión, Jorge
	Membrana / Jorge Carrión ; tradução por Michelle Strzoda. – Belo Horizonte: Relicário, 2024. 200 p.; 14,5 x 21cm.
	Título original: Membrana ISBN: 978-65-89889-95-3
	1. Literatura espanhola. 2. Ficção científica. 3. Romance. I. Strzoda, Michelle. II. Título.
	CDD: 860 CDU: 821.134.2

Elaborado pelo bibliotecário Tiago Carneiro – CRB-6/3279

Coordenação editorial Maíra Nassif Passos
Editor-assistente Thiago Landi
Projeto gráfico & capa Ana C. Bahia
Diagramação Cumbuca Studio
Preparação Silvia Massimini Felix
Revisão Thiago Landi

GOBIERNO DE ESPAÑA — MINISTERIO DE CULTURA Y DEPORTE — DIRECCIÓN GENERAL DEL LIBRO Y FOMENTO DE LA LECTURA

A tradução desta obra recebeu o apoio do Ministério da Cultura e Esporte da Espanha

/re.li.cá.rio/

Rua Machado, 155, casa 4, Colégio Batista | Belo Horizonte, MG, 31110-080
contato@relicarioedicoes.com | www.relicarioedicoes.com
@relicarioedicoes relicario.edicoes

1ª EDIÇÃO [2024]

Esta obra foi composta em FreightText,
AXIS Latin Pro e Fira Code e impressa em papel
Pólen Soft 80 g/m² para a Relicário Edições.